Hilke Siedenburg

Lillis Weg

Geschichte über einen guten Menschen

Impressum

Bibliografische Information der Deutschen Nationalbibliothek:
Die Deutsche Nationalbibliothek verzeichnet diese Publikation in der Deutschen Nationalbibliografie; detaillierte bibliografische Daten sind im Internet über http://dnb.dnb.de abrufbar.

© 2022 Hilke Siedenburg

Herstellung und Verlag: BoD – Books on Demand, Norderstedt

ISBN: 978-3-7557-07424

Inhalt

Danke für das Buch

Lilli, die treue Seele, die viele Jahre lang Bestandteil unseres Lebens war, ist gestorben. 1925-2021, 96 Jahre ist sie alt geworden, ein herzensguter Mensch.

Die letzten Jahre ihres Lebens hat sie im Seniorenheim gelebt, nachdem ein eigenständiges Leben im Betreuten Wohnen, der Stufe davor, nicht mehr möglich war.

Jedes Jahr zu Weihnachten und zu ihrem Geburtstag haben wir sie besucht, nachdem ihr die Aufgaben bei uns immer mehr zu schaffen machten, und das Rentenalter erreicht war. Wir haben ihr zusammengeschrumpftes Leben wahrgenommen, ihre Freude darüber, dass wir sie nicht vergessen hatten. Es gab nicht viele Besucher, und in der Coronazeit fielen auch diese wenigen Abwechslungen noch weg. Als Ersatz konnte es nur einen schriftlichen Gruß und ein kleines Geschenk geben.

So wanderte auch mein Buch „Dino und Sternchen" zu ihr, eine Geschichte von einer Freundschaft. Angefüllt auch mit vielen Bildern. Ich hatte es für meine Enkel geschrieben, die mich mit ihnen wichtigen Wörtern versorgten, die dann zu Geschichten, einer Geschichte umgewandelt wurden.

Ihre Augen - eigentlich nur ihr eines Auge - taugten nicht mehr zum Lesen, aber vielleicht - so war meine Hoffnung - gab es jemanden, der ihr daraus vorlesen haben könnte.

Vor einem Monat bekam ich von jemandem die Nachricht, dass Lilli wohl nicht mehr lange zu leben habe… falls man sie noch mal besuchen wolle

Ich machte mich an einem der nächsten Tage auf den Weg zu ihr.

So richtig glücklich schien man im Heim nicht zu sein, als ich um einen Besuch bei ihr bat. Erst nach hartnäckigem Bemühen fand man einen Weg für mich, direkt außen herum am Haus entlang, durch einen Zaun von dem kleinen Gartenstück getrennt, das den Menschen in ihren ebenerdigen Zimmern ein Gefühl von Natur vor ihren Fenstern vermittelte. Eine kleine Pforte gab den Weg frei in dieses Terrain und eine geöffnete Terrassentür führte direkt in das Zimmer, in dem Lilli ihr letztes Zuhause hatte.

Sie lag im Bett, eine Pflegerin beugte sich über sie und rief ihr ins Ohr, dass sie Besuch habe. Ein unverständliches Grummeln war die Reaktion, und dann ließ sie uns alleine.

Was macht man, wenn man einen Sterbenden besucht, selbst mit einer Maske ausgestattet, die das halbe Gesicht bedeckt, mit keinerlei Ahnung, wie viel dieser Mensch noch wahrnimmt und wie er noch reagieren kann?

Ich begann damit, mich vorzustellen, immer wieder Namen einzubauen, die ihr zumindest früher geläufig waren, ihr etwas bedeuteten. Ich erzählte ihr von dem, was wir gemeinsam erlebt hatten, wie sie uns geholfen hat und unserem Dank für ihre Unterstützung für uns.

Wie viel Zeit verging?

Ich hatte kein Gefühl dafür, fand es aber zu kurz für einen Besuch, der wahrscheinlich der letzte sein würde.

Da sah ich auf dem Nachttisch mein Buch liegen.

„Dino und Sternchen"

Welche Bedeutung hatte es für sie bekommen?

Wer hatte es da auf den Nachttisch gelegt?

Wer hatte ihr vorgelesen?

Kannte sie es schon gut?

Ich nahm das Buch, setzte mich neben das Bett, dicht, ganz dicht an ihr Kopfteil, beugte mich schräg zu ihr, so dass ich noch den Text und sie die Bilder sehen konnte, schlug das Buch auf und begann damit, es ihr vorzulesen.

Seite für Seite, begleitet von den Bildern.

Eine halbe Stunde wagte ich nicht, meine Position zu verändern, traute mich nicht, das Buch anders zu halten, um nicht aus dem Rhythmus, dem Tritt zu geraten, trug es am Schluss zurück auf den Nachttisch, streichelte das faltige Gesicht ohne Zähne und nur einem offenen Auge und verabschiedete mich.

Ich wandte mich zum Gehen um und vernahm ihre vollkommen klare Stimme: „Danke für das Buch!"

Es brannte sich ein als letzter Gruß für mich.

„Danke für das Buch" nach einem Besuch ohne Worte von ihr, noch nicht einmal einer Ahnung, ob sie Worte noch formen konnte.

„Danke für das Buch"

Wenige Tage später, kurz vor einem weiteren geplanten Besuch bei ihr, erreichte mich die Nachricht von ihrem Tod.

Ein Zeuge Jehovas informierte mich, bot an, mir Daten und Zeit von einer Gedenkansprache der Zeugen (sie gehörte seit ca. 25 Jahren zu der Gemeinschaft) sowie den Beerdigungstermin zu übermitteln.

Ich war dankbar dafür.

Jetzt in der Coronazeit fand die Ansprache per Zoom statt. Viele kleine Karos auf dem Bildschirm zeigten die Beteiligung an, ein Herr ließ das Leben von Lilli Revue passieren, liebevoll aufgelistet, immer wieder eingeflochten ihre Zugehörigkeit zu den Zeugen.

Ihr Leben zerlegt in viele Einzelteile, zerstückelt, und die meisten dieser Teile hätte ich nie, nie in meinem Leben haben wollen….

Einen Beerdigungstermin hat es nicht gegeben. Das Ordnungsamt beschloss, dass es eine anonyme Beerdigung sein würde.

Wer war das?

Lilli, war ein Mensch, ein guter Mensch.

War sie reich, schön, klug oder sonst irgendwie besonders?

Nein, das war sie nicht. Sie war unscheinbar, drängelte sich nicht in den Vordergrund, und versuchte, weder Mensch noch Tier irgendwie weh zu tun.

Das versuchen zum Glück auch viele andere.

Darum steht sie auch stellvertretend für viele andere.

Vieles allerdings in ihrem Leben gab wenig Hoffnung dafür, dass sie liebevoll auf andere zu- oder mit anderen umgehen würde, es gab zu viele Erfahrungen in ihrem Leben, die dem entgegenstanden.

Gleichzeitig aber waren es Menschen, die ihr in verzweifelten Situationen unter die Arme griffen, die den Glauben an das Gute im Menschen immer wieder aufflackern ließen, die ihr und vielen anderen dazu verhalfen, Vertrauen zu anderen aufbauen zu können.

Das Leben beginnt

Eigentlich fängt immer alles gleich an.

Eine Samenzelle- eine besonders fixe, nein die schnellste- und eine Eizelle beschließen, gemeinsame Sache zu machen.

Gemeinsam machen sie sich daran, einen Menschen zu formen, ihn mit Gliedmaßen auszustaffieren, alles das in den Körper einzubauen, was so ein neues kleines Wesen auf seinem Lebensweg begleiten und hilfreich sein soll.

Immer läuft es nach dem gleichen Muster ab, wenn ein Mensch entsteht. Mal gelingt es besser, mal wird einiges nicht so, wie es eigentlich vorgesehen ist.

Dann gilt es von Anfang an zu unterstützen, zu fördern, das zu ersetzen, was gleich von Anfang an Unterstützung brauchte.

Aber Lillis Körper hatte sich viel Mühe gegeben, gut brauchbar und einsatzfähig zu sein. Er war gut gerüstet für das, was kommen sollte.

Aber für alles, was nach der Geburt kam, war er nicht mehr zuständig.

Die Familie

Lilli war darauf angewiesen, dass andere etwas über ihre Familie wussten. Für sie war jede einzelne Einzelheit wie eine kostbare Perle, aufgefädelt, um ihr die Zugehörigkeit zu all den Menschen zu geben, die vor ihr da waren, die eigentlich zu ihr gehörten.

Sie erfuhr viel später erst von einem strengen Großvater, einem, der einen Namen zu verteidigen hatte.

Die Familie hatte honorige Männer hervorgebracht. Nicht, dass direkt seine Familie im Fokus der Aufmerksamkeit gestanden hätte, aber der Name verpflichtete, und man konnte nachweisen, um wie viele Ecken man mit denen verwandt war, die die Öffentlichkeit kannte. Die Tochter war vorgesehen für einen ebenbürtigen Partner. So und nicht anders sollte es in dieser Familie laufen.

Doch nicht immer richten sich Menschen nach dem, was für sie vorgesehen ist, und schon gar nicht lassen sich Gefühle immer so im Zaum halten, dass die Pläne anderer nicht durchkreuzt werden.

Hier war es ein ungarischer Musiker, der das Herz der Tochter entflammte und auch bereit war, sie zu ehelichen, zudem auch die Tochter liebend gern auf ihren besonderen Namen verzichten wollte, wenn sie denn diesen Mann heiraten dürfe.

Ihr Vater sah das anders. Doch das Paar gab nicht auf. Sie versuchten mit einer Schwangerschaft seine harte Haltung zu ändern, doch auch dadurch ließ sich der Vater nicht erbarmen.

Er war verankert in der Moral seiner Zeit. Er war der Bestimmer in der Familie, musste nicht nur dafür sorgen, dass sie gut versorgt wurde sondern auch dafür, dass geltende Regeln eingehalten wurden. Seine Tochter hatte dagegen verstoßen.

Jeder würde das erkennen.

Es war mit das Schlimmste, was ein Familienoberhaupt treffen konnte, eine Schmach.

Sich schon vor der Ehe mit einem Mann einlassen!

Keinem Mann war sie mehr vermittelbar, naja, oder weit unter Wert oder Stand.

Sie war jetzt auf dem Niveau einer Nutte, Hure, Ausgestoßenen, nicht mehr an den Mann zu bringen. So dachte er und so dachten viele in der Zeit.

Es galt eine Lösung zu finden, um den angerichteten Schaden möglichst gering zu halten.

„Engelmacherinnen", durch Mundpropaganda vermittelt, irgendwo in Gebäuden auf Hinterhöfen ihrem illegalen Gewerbe nachgehend, waren heimliche Täterinnen, um das entstehende Leben möglichst schnell wieder zu vernichten, und die dabei zugleich auch eine Frau so manches Mal mit töteten, weil sie den Eingriff nicht überlebte.

Diesen Weg schloss selbst der verzweifelte Vater für seine Tochter aus.

Es gab ja noch die Häuser, in denen die Mädchen die Zeit der Schwangerschaft über lebten, sich versteckten, nicht sichtbar waren mit ihren fülliger werdenden Körpern. Wo offizielle Helferinnen bei der Geburt unterstützten und alle Vorbereitungen getroffen wurden, um anschließend Mutter und Kind zu trennen.

Und dann fanden einige der besser Situierten noch private Lösungen, entfernte Verwandte etwa, bei denen die gefallene Tochter für eine angemessene Bezahlung Kost und Logis bekam.

Man bot zudem Hilfe im Haushalt an.

Das hatte für beide Seiten Vorteile, für die eine Seite Entlastung, für die andere mehr Geschicklichkeit und Wissen in der Küche und im Haus. Das konnte nie schaden.

Und dann war etwas noch sehr wichtig!

Verschwiegenheit!

Nie mehr wollte man anschließend mit dieser desolaten Situation konfrontiert werden.

Also Verschwiegenheit, und zur Sicherheit auch noch einen Platz möglichst weit weg von zu Hause.

Für Lillis Mutter wurde eine entfernte Verwandtschaft in Berlin gefunden. Berlin war groß und anonym und so wurde Lilli in Berlin geboren. In Berlin Charlottenburg.

Sie wurde Anfang Februar im Jahr 1925 geboren.

Ihre Mutter hatte sich durch all das hindurch gequält, was normalerweise mit einer Geburt verbunden ist, Schmerzen, lange Zeit mit Schmerzen, Erschöpfung. Doch das, was am Ende für all das entschädigt, allem die Schwere nimmt, das Wunder der Natur spüren und in den Armen halten lässt, das bekam sie nicht. Nur die Stimme, diesen Schrei nach Leben, von dem Neugeborenen konnte sie wahrnehmen. Mehr gestand man ihr nicht zu, damit sie sich gar nicht erst an das Kind binden würde.

Nur drei Tage nachdem Lilli das frostkalte Licht der Welt erblickt hatte, packte man das kleine Mädchen warm ein und verfrachtete es nach Schlesien, weit nach Osten, weit weg von ihrem Heimatort und auch dem Geburtsort. Den Namen Lilli bekam sie mit auf die Reise.

Viel, viel später als sie längst erwachsen war, hat sie etwas von dieser Geschichte erfahren.

Zu der Zeit arbeitete sie auf dem kleinen Hof der Witwe Berta in der Rendsburger Gegend. Ihr vorheriger Arbeitgeber, ein angesehener Bauer aus dem Nachbardorf, hatte von dem Unglückfall in dieser Familie erfahren, die den Bauern hier das Leben gekostet hatte, und seine Unterstützung bestand nicht nur darin, bei der bevorstehenden Ernte zu helfen, sondern er fragte auch Lilli, ob sie sich vorstellen könnte, für einige Jahre in einem Frauenhaushalt zu arbeiten, bis der heranwachsende Sohn die Stelle seines Vaters einnehmen könnte. Den kargen Lohn für Lilli würde man sich dort leisten können, und er kannte sie als kräftig, arbeitswillig und jemanden, der sich auskannte mit allen Arbeiten, die so auf einem Hof auftauchen.

Hier nun erreichte sie ein Brief.

Schon alleine das war eine Besonderheit, denn Briefe bekam Lilli so gut wie nie.

Dieser Brief allerdings fiel alleine schon wegen seines Aussehens auf.

Er war zerknittert, immer wieder neu beschriftet, mit polnischen und deutschen Briefmarken versehen, man musste sich Mühe geben, seinen Weg nach zu verfolgen.

Er war geöffnet und wieder geschlossen worden. Offensichtlich hatte man dem Inhalt des Schreibens so viel Bedeutung beigemessen, dass man sich durch alle Hindernisse gearbeitet hatte, um den Brief der richtigen Person, nämlich Lilli, aushändigen zu können.

Es war wie ein Wunder, dass er sie letztendlich erreicht hatte, so oft wie sie weggebracht wurde, weg- und weitergezogen war.

Er war lange unterwegs gewesen.

Er war an das Kinderheim geschickt worden, das zu dem Zeitpunkt gar nicht mehr existierte.

Viele Menschen hatten sich offensichtlich viel Mühe gegeben, damit diese Botschaft ankommen konnte.

In diesem Brief erfuhr sie etwas über ihre Familie

Sie erfuhr, dass Mutter und Vater sich offensichtlich nicht dem Willen des Patriarchen beugen wollten und einen Bruch mit ihm riskierten.

Sie zeugten noch ein Kind, und das Mädchen, das dann geboren wurde, durfte bleiben.

Dieser Brief aber war offensichtlich von ihrer Mutter geschrieben, der ihr ganzes Leben lang dieses kleine Mädchen, diese Lilli, nicht aus dem Kopf gegangen war.

Wo war ihre Mutter nun?

Gab es sie noch?

Gab es den Vater?

Gab es die Schwester?

Gab es irgendjemanden aus der Familie, der von ihr wusste, an ihr interessiert sein könnte?

Wer war ihre Familie?

Dieser Brief, dieser zerknitterte Brief, wanderte aus ihren Händen in die Taschen, unter das Kopfkissen, wieder in die Hände, wurde in der Sonne gelesen und auch bei dem kaum noch das Lesen gestattenden Licht abends im Bett.

Er wurde zu einem Schatz, ihrem Schatz.

Sie wachte über ihn, ohne zu wissen, wie sie mit ihm umgehen sollte.

Lange Zeit.

Sie fing an, sich auszumalen, was passieren würde, wenn sie ihn benutzen würde.

Wer würde am anderen Ende ihrer Sehnsucht auftauchen?

Die Mutter, die den Brief geschrieben hatte?

Die Mutter, die sie offensichtlich nie vergessen hatte, die sie, Lilli, wollte, die ihr mit diesem Brief den Zugang zur Familie öffnete?

Ihre Sehnsucht, ihr Leben lang verborgen gehalten, wurde größer und größer.

Trotzdem traute sie sich nicht, direkt die Adresse anzuschreiben, die auf dem Kuvert angegeben war.

Irgendwann an einem gemütlichen Abend in der Kneipe, vor sich ein Glas Bier,- ein Schluck war auch schon im Bauch gelandet – schupste sie ihren Nachbarn auf dem Barhocker neben sich an und fragte ihn, was er tun würde, wenn er eine Adresse hätte, die schon ewig alt sei und wissen wolle, ob die Leute von der Adresse dort noch wohnen würden.

Der Kumpel war ein bisschen verdutzt, trotz der Bierschwaden im Raum noch hell im Kopf und ohne nachzufragen hilfreich.

Eine Anfrage bei der Gemeinde müsse Klarheit bringen.

In Lillis Kopf tat sich ein neuer Weg auf.

Sie traute sich.

Sie bekam eine Antwort und erfuhr, dass ihre Eltern verstorben seien, beide, aber die Tochter an der angegebenen Adresse noch wohne.

Die Tochter,…..ihre Schwester!!!!

Und diesmal traute sie sich.

Sie war es nicht gewohnt, Briefe zu schreiben, darum mag das, was sie zu Papier brachte, etwas ungelenk geklungen haben, aber es ließ ihre Freude erkennen, von dieser Schwester erfahren zu haben und ihrem Wunsch, sie kennen zu lernen.

Es dauerte lange, so lange, als hätte man einer Brieftaube diesen Auftrag übertragen, dann endlich kam eine Nachricht.

Sie kam von einem Anwalt.

Ihre Schwester lege keinen Wert auf einen Kontakt und außerdem hätte sie, Lilli, keinen Anspruch auf einen Erbteil.

Ihre Kette aus Familienperlen war abgerissen, und ihr Weg in ihr Leben allein blieb ein Leben allein.

Das Kinderheim

Es gibt die Geschichte von Kaiser Friedrich II von Hohenstaufen, der auf Sizilien, das zu seinem Reich gehörte, an einigen Neugeborenen herausfinden lassen wollte, welches die Ursprache der Menschheit sei. Dafür durften die Kleinen mit Essen versorgt und körperlich rein gehalten werden. Allerdings war es streng verboten, sie sprachlich oder mit Liebe zu beeinflussen.

Die Ursprache wurde so nicht entdeckt, denn alle Kinder starben, bevor sie reden konnten.

Zum Glück ist dieses Experiment später nicht wiederholt worden, doch Kinderheime waren auch in der Zeit, als Lilli geboren wurde, nicht dafür gedacht, dass dort Kinder optimal aufgezogen wurden. Sie wurden untergebracht und viele Jahre, ja viel länger als Jahre war die Sterblichkeit vor allem der Säuglinge und Kleinkinder hier sehr hoch. Außerdem gehörte auch dazu, dass die Kinder Aufgaben zu erledigen hatten, sie Regeln bekamen und harte Konsequenzen spürten, wenn sie sich nicht so verhielten, wie man es von ihnen erwartete.

Lillis Leben außerhalb der Mutter, so ganz und gar ausgeliefert, angewiesen auf Unterstützung von außen, startete in so einem Haus.

13 Jahre lang wurde es ihr Zuhause.

Und wie sie sich später noch so oft in ihrem Leben zeigte, waren es die schönen Dinge und Erlebnisse, die sie besonders fest in sich aufbewahrt hatte.

Mit ihrer knarzenden Stimme erzählte sie von ihnen, wenn jemand sich für ihre Vergangenheit interessierte, und sie wirkte glücklich, wenn bestimmte Bilder wieder vor ihrem geistigen Auge erschienen.

Für alles Beschwerliche fand sie Rechtfertigungen.

Die Zeiten waren hart damals.

In den Jahren ging es allen wirtschaftlich schlecht.

Es gab viel zu tun in so einem Haus und so wurden die Kleinsten über Stunden in ihren Gitterbettchen gelassen, wo sie sich selbst mit Hin- und Herschaukeln in ihrer Einsamkeit und Entbehrung soziales Geschehen und Gefühle versuchten vorzugaukeln.

Lilli liebte es, sich immer wieder in jedem unbeobachteten Moment zu den Kleinsten zu schleichen. Sie lockte sie mit ihrer Stimme, streichelte ihnen über die Köpfchen, zeigte sich ungeschickt in ihren Bewegungen, wenn sie sie manchmal nur unzureichend durch die Gitterstäbe der Bettchen versuchte zu erfassen.

Außer der Beschäftigung mit den Kleinen liebte Lilli es, im Garten zu sein, oder im Wald, der sich an das Grundstück des Heimes schmiegte. Ohne dass man sie erst aufforderte, wusste sie, was getan werden musste. Sie jätete die Gemüsebeete, setzte die kleinen Stecklinge in die Erde, reichte die richtigen Werkzeuge zu. Sie lernte viel über essbare und nicht essbare Pflanzen, Ergänzt wurde das dadurch, dass die Frau, die ihr Vormund geworden war, sich immer wieder um sie bemühte. Sie ging mit ihr in den Wald, und Lilli saugte alles in sich auf, was sie über diesen Lebensraum erfahren konnte.

Sie liebte die Tiere, die zum Heim gehörten, die Hühner und die Katze. Jedes Tier hatte einen Namen von ihr bekommen. Sie kannte ihre Eigenschaften, verstand sie zu locken, hatte ihr Vertrauen.

Nein, nein, das war schon in Ordnung. Sie versuchte, allem aus dem Weg zu gehen, was Strafen nach sich zog. Alles in ihr kroch in sich zusammen, machte ihre kleine Gestalt noch kleiner, fast unsichtbar, um nicht aufzufallen.

Die Schule war schlimm. Die Kinder aus dem Heim hatten es schwer. Überall fehlte ihnen die Unterstützung. Die Eltern der anderen Schüler verboten ihren Kindern mit ihnen zu spielen und bei den Rechenaufgaben landete sie oft in der Ecke, weil sich schon aus panischer Angst die Ergebnisse nicht aus dem Mund pressen ließen. Niemand erkannte ihre Not. Ihre Lehrer gingen davon aus, dass sie allein schon wegen ihres Wohnens im Kinderheim nicht mit geistigen Gaben gesegnet wäre und es sich auch gar nicht gelohnt hätte, sie zu unterstützen. Sozusagen vergebene Liebesmüh. Davon ganz abgesehen, dass die Landschulen nicht den Ruf hatten, die Elite des Landes hervorzubringen.

8 Schuljahre musste sie durchstehen, bis die Schulpflicht beendet war. Noch bevor diese Zeit um war, wurde sie mit 13 Jahren auf einen Bauernhof gegeben, um dort unter anderem das Geld selbst zu verdienen, das sie brauchte, um sich ein Kleid für ihre

Konfirmation leihen zu können. Mag ein Kinderheim auch keine Familie sein, nicht ebenbürtig einer Familie, so war es doch das Zuhause, das Lilli seit ihrer Geburt kannte.

Nie hatte sie etwas anderes erlebt.

Sie kannte die Ecken dort im Haus und das Gelände ringsherum, wo sie sich verstecken konnte. Sie wusste, was es bedeutete, wenn Tante Gertrud, die Leiterin, mit energischen Schritten und klapperndem Schlüsselbund auf dem Flur zu hören war, oder wo Huhn Minna das Ei versteckte, das nur sie fand.

Es war kein großes Abschied nehmen, ihre wenigen Habseligkeiten wurden in einen Karton gepackt, ein Pferdewagen kam vorgefahren, die Erwachsenen sprachen sich ab, und dann war diese Zeit ihres Lebens hinter ihr, verschwand hinter einer Straßenecke. Sie saß da auf dem Wagen und wusste nicht recht, was kommen würde.

So war das eben.

Sie sah es nicht als etwas Besonderes. Für sie war es normal. Man hatte ihr gesagt, dass es mit der Konfirmation anders würde, das Leben.

Das war doch bei allen so.

Sie war froh, dass man für sie einen Bauernhof ausgesucht hatte. Tiere! Das fühlte sich nach Nähe an.

Das gab ihr ein Gefühl von Vertrautheit.

Ein neuer Schritt ins Leben

Nun also begann ihr „Schritt ins eigene Leben".

Das Gehöft machte einen armseligen Eindruck. Man sah ihm an, dass jede weitere Arbeitskraft dringend benötigt wurde. Es duckte sich tief in die Umgebung, als wolle es dem Wetter nicht schutzlos ausgeliefert sein, irgendwo in die Landschaft geworfen, nur zu erreichen über einen Weg mit tief ausgefahrenen Radspuren. Ein kleines Wäldchen sorgte für eine Kurve, ließ die Fahrspur erst kurz vor dem Gebäude sichtbar werden, verdeckte die Sicht auf die Ferne und diejenigen, die sich hierher verirrten.

Vor dem Unterricht musste sie die Kühe melken und wenn sie wiederkam, erwartete man von ihr, dass sie den Stall ausmistete.

Kurz nachdem sie 14 Jahre alt geworden war, hatte zumindest die Schulqual ein Ende.

Die neuen Menschen waren noch neu, nicht einschätzbar, nicht vertraut.

Für die Konfirmation bekam sie die Stunden frei. Naja, ansonsten musste das Vieh ja auch sonntags versorgt werden.

Das war doch immer ihre Aufgabe.

Sie fügte sich, sie ordnete sich ein und unter. Sie lernte dem Bauern aus dem Weg zu gehen, wurde wachsam, seit er im Stall einmal plötzlich hinter ihr gestanden hatte, und sie seine Hand am Rande ihrer Brust fühlte.

Sie spürte die beobachtenden Blicke der Bäuerin, die zwischen ihr und ihrem Mann hin und her flogen, prüfend, misstrauisch.

Sie war als unentbehrliche Hilfe auf den kleinen Hof gekommen, man war auf jemanden wie sie angewiesen.

Morgens schleppte sie die mit Milch gefüllten schweren Kannen an die Straße, wandte ihren Blick in Richtung Straßenkurve, horchte auf das Klappern der Pferdehufe, die die Ankunft des Milchkutschers ankündigten.

Das gehörte zu ihrem Tagesablauf.

Sie erwartete den alten Mann, der sich genau wie sein Pferd, jeden Schritt auf dieser Tour so eingeprägt hatte wie sein Luftholen. Das alles gehörte zu seinem Leben, war sein Leben.

Die angespannte Stimmung, die zu der Zeit herrschte, das Kriegsgerät, das sich in Richtung Osten bewegte, die vielen Soldaten, den alten Mann schien das nicht richtig zu erreichen.

Und auch Lilli nahm es nur wenig wahr.

Der Hof lag abseits, an Radio und Zeitung waren der Bauer und seine Frau nicht interessiert und für Lilli war alles, was nicht direkt mit ihrem Bündel auf den Hof gewandert war tabu. Jeden Griff nach irgendwas unterstellte man ihr sofort als Diebstahlversuch. Radio und Zeitung gehörten nicht zu ihrem Besitz.

Vom Militärdienst war der wortkarge Bauer frei gestellt. Seine Arbeit auf dem Hof war wichtig, um die Bevölkerung zu ernähren.

So also nahm das tägliche Leben seinen Lauf, jeden Tag melkte sie die Kühe und der alte Mann holte die Milch ab.

Jeden Tag, jeden Tag…

Wieder einmal war ein neuer Tag.

Wieder einmal waren die Kannen bis an die Straße transportiert. Sie wischte sich den Schweiß von der Stirn.

Sie erwartete den alten Mann.

Umso mehr erstaunte es Lilli, als an diesem Tag die Person da oben auf dem Kutschbock eine andere war. Ein junger Mann, der sie mit blitzenden Augen musterte und mit einem lockeren Spruch nicht nur gleich verriet, dass er Pavel hieß, sondern auch, dass nun immer er die Milch abholen würde. Der alte Mann wäre krank und würde es nicht mehr zurück zu dieser Arbeit schaffen, gab er bekannt.

Nun gab es jeden Morgen, wie auch immer das Wetter war, einen Grund für Lilli, sich auf den neuen Tag zu freuen.

Es tat so gut, ihn zu sehen, seine blitzenden Augen, sein fröhliches polnisch klingendes Deutsch zu hören, zu merken, dass auch er sich auf sie freute. Es war, als sei die Welt nicht aus den Fugen geraten.

Gut zwei Jahre lebte sie nun schon hier auf dem Hof. Sie war 16 Jahre alt und zu einem hübschen Mädchen herangewachsen. Vielleicht fing jetzt erst das richtige Leben an?

Da kam statt Pavel auf dem Pferdewagen eines Tages ein Auto vorgefahren. Uniformen stiegen aus,

kamen strammen Schrittes auf das Haus zu, frag-
ten barsch nach Lilli, die nicht recht wusste, wo ein
Versteck lag, in das sie sich hätte verkriechen können.

Willkür

Was wollten die von ihr?

Was sollte sie getan haben?

Irgendwas von Pavel drang bis an ihre Ohren vor, Verdacht auf Feindkontakt.

Wer hatte so etwas erzählt?

Was war so schlimm daran, mit jemandem zu lachen, sich mit ihm zusammen zu freuen?

Hatte jemand etwas anderes erzählt? Wer?

Alle Gedanken wirbelten durcheinander durch ihren Kopf.

„Mitkommen!"

Ein hilfloser Blick über die Schulter. Verschlossene Gesichter hinter ihr.

Und wieder veränderte sich ihr Leben von einem Tag auf den anderen.

Wie ist das, wenn man umgeben ist von fremden undurchdringlichen Gestalten, die doch eigentlich Menschen waren?

Wenn niemand einem richtig erklärte, was gerade hier geschah? Schon allein die Kleidung der anderen wirkte wie eine Rüstung, die weder etwas hinein noch etwas heraus ließ. Es schnürte ihr den Hals zu, ihre Hände vergaßen vor lauter Angst zu zittern und fast erschien es ihr, als ob ihr Herz sich nicht entscheiden könnte zwischen panischem Schlagen und Stillstehen.

Wie lange kann eine Fahrt dauern, bei der man nicht weiß, wohin sie geht und was am Ziel auf einen wartet?

Benommen wurde sie aus dem Auto gezerrt.

Schlüssel klapperten, viele Schlüssel,

Wände umgaben sie, viele Wände.

Eiserne Treppen, und viele, viele Türen.

Andere Menschen übernahmen sie

Und keiner redete mit ihr, k e i n e r.

Irgendwann fühlte sie sich in einen Raum gestoßen, hinter ihr wurde die Tür zugeworfen und sie hörte den Schlüssel in dem Schloss seinen Dienst verrichten.

Wo war sie?

Und warum?

Was hatte sie getan?

Der Raum war klein, sehr klein. Er war kahl und er hatte nur ganz oben, fast unter der Decke ein Fenster, durch das wegen seiner spärlichen Größe kaum Licht fiel. Und das wenige, dass es bis zu ihr schaffte, musste sich noch durch die Gitterstäbe drängen, die von außen auch noch jeden Fluchtversuch unmöglich erscheinen ließen. Ein Betonsockel sollte offensichtlich eine Möglichkeit zum Schlafen bieten und ein Eimer in der Ecke schien ihr als Toilette zur Verfügung zu stehen.

Warum war sie hier?

In der kommenden Zeit verstand sie es immer noch nicht, aber alle anderen gingen offensichtlich davon aus, dass sie Kontakt mit einem Kollaborateur gehabt hatte, gegen ihr eigenes Volk agierte und darum genauso behandelt werden durfte, wie sie behandelt wurde. Immer wieder versuchte man aus ihr Informationen herauszusaugen, die sie nicht geben konnte. Immer wieder fiel Pavels Name, und alleine der Kontakt zu ihm machte sie offensichtlich zu jemandem, den man wegsperren musste, der es verdient hatte, nicht mehr wie ein Mensch behandelt zu werden.

Sie hörte Schreie

Sie starrte ihre Wände an.

Angst steigerte sich in ihr, wenn sie Schritte oder das Geklapper von Schlüsseln hörte.

Sie verkroch sich in sich selbst fast wie ein Embryo.

Es gab niemanden, an den sie sich hätte klammern können wie eine Ertrinkende.

Sie zitterte vor Angst, wenn ihre Tür sich öffnete, und man sie hinausführte zu einem der Gespräche.

Es waren keine Gespräche. Es waren Forderungen, es war auf sie gerichtetes Licht und vor ihr Dunkelheit, die ihre Kontrahenten verschwinden ließ. Nur ihre Stimmen waren da, die drohten, die Taten androhten, die sie im Schlaf und im Wachzustand verfolgten und irgendwann hatte sie bestimmt auch mal JA gesagt, als die anderen ein Ja hören wollten.

Sie verstand gar nichts mehr, wollte diesen Zustand nicht mehr, wollte sterben, konnte aber nicht.

Es gab ein Schreiben, ein amtliches mit amtlichem Text, ein Urteil, das über sie gefällt worden war, schwarze Balken dort, wo das Urteil stand und den Finger auf die Zeile gepresst, auf der sie unterschreiben sollte.

Sie tat, was man von ihr verlangte.

Im späten Frühjahr wurde sie frei gelassen und wieder wusste sie nicht warum.

Sie kam zurück auf den ihr bekannten Bauernhof. Pavel gab es dort nicht mehr, den Bauern hatte man nun doch zum Militär geholt und die Aussaat stand bevor.

Sie wurde gebraucht.

Wie eine Maschine arbeitete sie.

Nicht aufhören, nicht nachdenken.

Sie konnte nicht genießen, die Vögel zwitschern zu hören, das frische Gras zu riechen, sie war innendrin tot.

Irgendwie wusste sie gar nicht mehr, wie leben ging.

Sie war in diesem Jahr 18 Jahre alt geworden. Man schrieb das Jahr 1943.

Als die Aussaat beendet war, ihre Hilfe nicht mehr benötigt wurde, wurde sie wieder verhaftet.

Man sah sie immer noch als jemanden, der sich mit dem Feind gegen das deutsche Volk verbündet hatte.

Ravensbrück

Es schien wirklich, als habe man sie nur frei gelassen, um bei der Aussaat zu helfen.

Den Weg diesmal kannte sie nicht. Es ging nicht wieder zurück in das Gefängnis, in dem sie vorher gewesen war.

Es ging weiter weg.

Wieder sprach niemand mit ihr.

Es dauerte.

Es war quälend.

Sie hatte sich abgewöhnt, Fragen zu stellen.

Antworten bekam sie nicht, höchstens Bestrafungen.

Es ging auf die Dunkelheit zu, als sie endlich das Ziel erreichten.

Wie ein Fort, wie eine Festung, Eingang war Ausgang, genügend Uniformen, um ein Durchkommen egal in welche Richtung absegnen, zu können.

Die Uniformen waren die, die bestimmten.

Sie wurde aus dem Auto geholt.

Wie im Traum erlebte Lilli die Aufnahme.

Name, Geburtsdatum, ach was noch alles.

Einkleidung.

Alles, was man glaubte, ihr zubilligen zu wollen.

Die Schuhe waren zu groß.

Irgendjemand herrschte sie an mitzukommen.

Sie stolperte hinterher.

Irgendwann öffneten sie eine Tür zu einer Baracke.

Sie fand sich wieder in einem kargen Raum, vollgestellt mit Betten übereinander, nebeneinander.

Von dort fixierten sie Augen aus Gesichtern, die fast aussahen wie Totenschädel.

Jemand nahm sie, führte sie durch den Gang und wies ihr ein Bett zu.

Das Geraune und Geflüster der folgenden Zeit ließ Brocken an Wissen bei ihr entstehen, als sie sich traute, andere anzusprechen.

Ravensbrück.

Das Wort gab dem Ort einen Namen, an dem sie sich befand. Lauter Frauen von jung bis alt, teilweise mit Kindern.

Die Gründe der Aufenthalte hier waren sehr unterschiedlich.

Sie verstand nicht, welche Schuld darin lag, einen anderen Glauben zu haben als sie selbst.

Warum war es strafbar, jemanden zu verstecken, der in Not war?

Waren andere auch hier wie sie, denen man Dinge vorwarf, die nicht mit der Wirklichkeit übereinstimmten? Offensichtlich konnte man sich nicht wehren.

Sie musste schnell lernen. Jeder noch so kleine Fehler- auch die, die sie gar nicht als Fehler kannte, wurde bestraft.

Bestraft bedeutete Schläge, bedeutete Dunkelhaft und oder Essensentzug.

Durfte man mit jemandem reden?

Durfte man lachen?

Durfte man, durfte man überhaupt irgendwas?

Man wusste nie, was man durfte.

Man hatte still zu stehen, auf dem Appellplatz stundenlang, bei Kälte, Nässe, Hitze, egal welchem Wetter.

Man durfte nicht umfallen, das war lebensgefährlich, das konnte Tod bedeuten und alle mussten zugucken.

Man hatte sich zu fügen, in das, was einem zugewiesen wurde. Sei es Arbeit, sei es Nahrung, seien es Bestrafungen.

Es gab Wenige, Todesmutige, die sich trauten, die es wagten, sich gegenüber Mithäftlingen zu öffnen und Überlebensstrategien zu entwickeln, vor allem im Kopf. Lilli gehörte nicht dazu.

Sie versuchte von den 200 g Brot, dem Becher Ersatzkaffee am Morgen und mittags und abends einem halben Liter Gemüsesuppe oder noch weniger als Nahrung auszukommen. Sie fügte sich in die schweren Arbeiten, die man ihr und anderen aufbürdete, lernte den Wald, ihren geliebten Wald, als einen Raum kennen, der sie zu vernichten drohte durch die Arbeit dort. Sie hatte keinen Kontakt mehr zu den Stimmen der Vögel, dem Rauschen des Windes, dem Duft des weichen Waldbodens. Sie erlebte ihn als im ständigen Kampf mit ihrem Körper, der aufgeben wollte, der nicht mehr wusste, wie er eigentlich funktionieren sollte, mit Arbeit, die jedes Denken ausschaltete, sie leer machte im Kopf wie eine Maschine.

Sie lernte Straßenbauarbeiten kennen. So mancher Mann brach hier zusammen, nicht fähig, die Anforderungen zu erfüllen. Auch im Moor wurde sie eingesetzt, um es zu entwässern.

Sie bekam die Ruhr, eine der Krankheiten, die sich unter solchen Lebensumständen wie im KZ ausbreiteten.

Fieber, Erbrechen, blutige und schleimige Durchfälle, Abgeschlagenheit sind noch die harmloseren Symptome, mit denen man rechnen muss. Es gab eine Krankenstation, doch Lilli traute sich nicht, dorthin zu gehen. Sie hatte von medizinischen Versuchen gehört, denen man dort womöglich ausgesetzt wäre.

Es ist schwer sich vorzustellen, wie Menschen dort Wochen, Monate, ja Jahre überleben konnten.

Nach relativ kurzer Zeit im Jugendlager hatte man sie ins Frauenlager verlegt. Sie war ja immerhin schon 18 Jahre alt.

Irgendwann 1944, im Herbst, es war schon leicht kühl, morgens gab es manchmal sogar schon Bodenfrost,

da ereignete sich dann der Vorfall, der in Lilli eine Reaktion hervorrief, die sie in den nächsten Lebensbereich eintreten ließ.

Alles hatte sie ertragen, hatte sie bis dahin überlebt, hatte sie erduldet und wusste nicht, wie lange diese Zeit noch dauern würde, als sie etwas miterlebte, was sie bis ins Mark erschütterte.

Sie beobachtete eine Mutter, die ein Baby auf ihrem Arm in eine Decke hüllte. Welch kostbarer Schatz, eine Decke zu besitzen für den noch größeren Schatz, das eigene Kind.

Ein Aufseher kam dazu, nahm ihr die Decke weg, warum auch immer.

Weil er die Decke selbst haben wollte?

Aus reiner Willkür?

Die Mutter protestierte, bat darum, sie wieder zu bekommen, sie brauche sie für ihr Kind.

Da setzte der Mann seine Pistole an den kleinen Kinderkopf und drückte ab.

„Nun braucht es sie nicht mehr", war seine Reaktion, bevor er sich abwandte.

Egal, was Lilli bisher zugestoßen war, sie hatte es ertragen.

Dieser Vorfall aber rüttelte an ihr.

Die Flucht

Sie wollte nur noch weg.

Sie konnte nicht begreifen, was sie gesehen hatte.

Es zählte nicht, was ihr schon geschehen war.

Sie wollte weg.

Sie wollte weg, ohne zu wissen wie.

Sie hatte keinen Plan.

Ihr ausgezehrter Körper sehnte sich nicht nach Abenteuer sondern nach In-Ruhe-gelassen-werden.

Ihr ganzes Ich hatte Angst und wusste doch, dass das nichts nützte. Sie konnte nicht anders, als weg zu müssen.

Flucht wagten nur die, die noch kräftig genug waren, die womöglich Helfer außerhalb des Lagers hatten, die Pläne hatten, die sich sicher waren, es zu schaffen.

Sie mussten sicher sein, denn sie alle wussten, was passieren würde, wenn alles misslang.

Sie kannten die Aufruhr, die Sirenen, das Hundegebell, und sie kannten die Bilder, wenn zerbrochene Gestalten ihnen vorgeführt wurden, zurückgeholt, körperlich und geistig zerstört und dann hingerichtet.

Und dann war es zuerst einmal der Wald, der sie rettete. Dieser kurze Moment, in dem die Aufmerksamkeit nicht auf ihr lag, sie wegtauchen konnte aus den Blicken, ihre kleine, kümmerliche Gestalt sich auflöste in dem Sturzregen, der eingesetzt hatte und es den Hunden schwer machte, eine Spur zu verfolgen. Der breite Eingang zu einem Dachsbau, die schon ein bisschen vermodernden Blätter, die sie verschwinden ließen vor spähenden Blicken. Sie hatte ihren Freund „Wald" zurück. Sie spürte die festen Stiefeltritte auf dem schwingenden Blätterboden, mal nahe, mal weiter entfernt, Schüsse wurden abgegeben, Schreie, Rufe füllten den ganzen Raum. Dazwischen peitschte der Regen und die Dunkelheit machte das Suchen immer aussichtsloser.

Der Lärm zog sich zurück, und es war dunkel.

Es war dunkel, als sich die kleine Gestalt aus der Umarmung der klammen Erde heraus wühlte und gehetzt und doch mit allen Sinnen geschärft versuchte zu entkommen.

Wohin?

Wohin entkommt man, wenn man nicht weiß, wo man ist, was einen in welcher Richtung erwartet?

Durfte sie auf Wegen sein?

Musste sie durch einen Bach waten, um ihre Spur unsichtbar zu machen?

Sie war schon nass, nass bis auf die Haut, bedeckt mit verräterischer Häftlingskleidung.

Sie hatte keine Chance. Sie sank ohnmächtig in sich zusammen.

Und dann, dann geschahen Dinge, die jedem wie Wunder wirken müssen.

Dann kam da dieses alte Paar mit seinem fast noch älteren Auto vorbei, falsch abgebogen, das neugierig auf das Bündel am Rand des Weges starrte und beim näheren Untersuchen erkannte, dass da ein Mensch lag, mehr tot als lebendig. Er wurde ins Auto gehievt. Man achtete nicht darauf, ob die Sitze ruiniert würden durch das dreckige Bündel. Man fuhr los ohne das klare Bewusstsein, sich hier selbst in Gefahr zu begeben. Das kam später. Trotz aller eigenen Angst blieben sie beide ganz bewusst bei der Entscheidung, diesen Menschen hier nicht dem auszuliefern, was sein Ende, ein elendiges Ende bedeuten würde.

Zu Hause, in ihrem kleinen Gehöft flößten sie Lilli heißen Tee ein, sie zogen ihr die triefnassen Kleidungsstücke vom Körper und während die Frau sie badete und mit eigenen Sachen einkleidete, verbrannte ihr Mann alles das, was sie an verräterischen Spuren am Leib getragen hatte. Er verbrannte sie, und weil das in dem nassen Zustand schwierig war, vergrub er den Rest.

Sie gaben ihr zu essen, nicht zu viel, um den geschwächten Körper nicht zu überlasten.

Danach bereiteten sie ihr ein Bett in einer Abseite, deren Öffnung sie mit einem Schrank verstellten.

Wie vielen Menschen hat so ein Versteck das Leben gerettet!

Wie viele Menschen wurden genau in solchen Verstecken gefunden!

Wie viele Menschen begaben sich für andere - oft Unbekannte - selbst in Lebensgefahr.

Die Welt ist voll von Helden, die nie welche werden wollten.

Ja, das Gehöft wurde durchsucht, obwohl es eine ganze Strecke von dem Ort der Flucht entfernt lag.

Nein, Lilli wurde nicht gefunden.

Man gab ihr Zeit, wieder ein Mensch zu werden, einer, der nicht mehr vor Hunger zusammensackte sondern wieder ein bisschen zu Kräften kam. Der Weg in die Abseite und immer mal aus ihr heraus wurde ein gewohnter.

Trotz allen Wohlwollens war ihnen allen aber klar, dass sie hier nicht bleiben konnte. Obwohl der Hof nicht in einem Ort lag, kamen zu oft andere Menschen dorthin. Da waren Lieferanten, Nachbarn, Freunde, Familie.

Niemandem traute man zu, dieses Geheimnis - eventuell zufällig wahrgenommen - an Stellen weiter zu geben, die allen dreien gefährlich werden könnten, doch Erfahrungen hatten vorsichtig werden lassen.

Nur einem trauten sie, und sie wussten noch nicht einmal warum.

Er kam mit seinem schweren Fahrzeug auf den Hof gewalzt. War es ein Panzer, ein Panzerspähwagen, ein Schützenpanzer, oder vielleicht ein Sanka? Lilli kannte sich da nicht wirklich aus. Sie empfand es als riesig, es war bedrohlich, es gehörte zu den Fahrzeugen, denen sie nicht begegnen wollte.

Es gab einen harmlosen Grund, warum es hier so ohne weitere Begleitung eingebogen war, in die einzige Hofstelle weit und breit.

Als Lilli später davon berichtete, wusste sie nicht mehr, was es war. Sie wusste nur genauso wie ihre

Gastgeber sofort in dem Moment, als der junge Mann in der Uniform, die gar nicht zu ihm zu passen schien, aus dem Gefährt stieg, dass sie ihm vertrauen würde. Es gab keinen Grund, nur ein Gefühl.

Es blieb kaum Zeit für viele Atemzüge, für wenige Gesprächsfetzen, -woher und wohin - als der alte Mann mit einer Bitte herausrückte. Ob er nicht seine Verwandte, die Zeit bei ihnen verbracht hätte, ein Stück auf seinem Weg mitnehmen könne. Sie müsse in die Richtung, die er auch nahm, und die Verbindungen dorthin seien im Moment schlecht bis gar nicht möglich.

Der junge Mann fühlte sich gut mit dem Gedanken, ein Helfer sein zu können, musste aber schnell weiter. So fiel der Abschied überstürzt aus, der Dank konnte nur geahnt werden, und Lilli quetschte sich auf den Platz, der ihr zugewiesen wurde.

Es gibt viele Menschen, die glauben ein Gespräch zu führen, wenn nur sie erzählen, wenn sie endlich mal ein offenes Ohr finden, das an ihrer Geschichte interessiert ist, wenn durch eingeworfene Geräusche wie „ah" und „hm" erkennbar ist, dass man weiter machen kann, ohne dass der andere einschläft oder unterbricht.

Der junge Mann war voller Durst nach jemandem, der ihn ließ. Zu selten in den letzten Jahren war jemand für ihn da gewesen, der etwas von ihm erfahren wollte, von seinem Leben, seinen Ängsten, seinen Gefühlen.

Und er redete und redete und redete.

Und Lilli machte sich klein, war nur noch in ihrer Rolle als Zuhörerin.

Und so verging die gemeinsame Zeit, bis er auf einmal sagte, dass er sie hier raus lassen müsse, denn demnächst würde er auf Gefährten stoßen, und es müsse ja nicht jeder wissen, dass er sich Gesellschaft für die Fahrt eingeladen habe.

„Tschüss" - man war in Norddeutschland - und schon stand Lilli alleine am Straßenrand.

Angekommen?

Inzwischen hatte sie einen Instinkt dafür entwickelt, was sie meiden müsste und was womöglich hilfreich sein könnte.

Sie brauchte einen Bauernhof. Sie konnte ihre Arbeitskraft anbieten.

Sie konnte versuchen, etwas auszuhandeln:

Es gab viele Menschen in dieser Zeit, die unterwegs waren, ein Ziel vor Augen hatten oder keins.

Es gab viele Menschen, die auf Bauernhöfen handelten.

Goldketten wurden zu Kartoffeln.

Uhren zu einem Stück Fleisch.

Arbeit gegen Unterkunft und Essen?

Schon der erste Hof, den sie erreichte, erschien möglich.

Nicht, dass sie sofort auf die Gebäude zusteuerte, sich zeigte.

Zuerst einmal beobachtete sie, machte sich mit dem, was sie sah vertraut.

Sie sah wenige Menschen auf dem Gelände, hörte Vieh in den Ställen und Stimmen, die Hoffnung zuließen und traute sich näher heran.

Die Bauersleute schienen es zu kennen, dass Leute herkamen.

Es erstaunte sie nicht.

Das Anliegen schien allerdings selten vorgetragen worden zu sein und durchaus willkommen.

Man brauchte eine Unterstützung, und wenn es nur gegen Kost und Logis sein sollte, erschien es auch für sie vorstellbar und machbar.

So bezog Lilli wieder eine kleine Kammer und machte dort weiter, wo sie vor langer Zeit unterbrochen worden war. Sie melkte die Kühe, fütterte sie und mistete aus.

Der Winter war hart, der Krieg ging in seine Endphase, produzierte Schlangen von Flüchtenden, ließ angstvoll aufhorchen bei Flugzeuggeräuschen.

Irgendwann tauchten andere Uniformen auf, welche mit einem roten Stern.

Man musste sich umstellen auf neue Herrscher.

Man war nicht mehr auf der Flucht aus dem KZ, weil die KZs aufgelöst waren. Man hatte die wenigen Überlebenden herausgeholt, hatte das Entsetzen in die Welt hinausgeschrien und Bilder von all dem Leid, den Gräuel waren zu viel, um zu verstehen.

Und Lilli melkte die Kühe, fütterte sie und mistete den Stall aus.

Sie war ein Teil des Bauernhofes geworden, ohne ein Teil der Familie zu sein.

Sie machte eine gute Arbeit, war verlässlich, freundlich, ohne sich aufzudrängen.

Sie redete wenig über ihre Vergangenheit,

Sie ließ sich nicht unterkriegen von panischen Ängsten, die sie immer wieder überfielen, kaputten Gelenken und Herzschmerzen.

Mitbringsel aus der Zeit, in der man über ihren Körper und Geist geherrscht hatte, in der man versucht hatte, sie nicht als Mensch zu behandeln sondern als Abfall.

Sie lebte dort mehrere Jahre.

Deutschland wurde geteilt. Es entstand eine Grenze, die es den Menschen immer beschwerlicher machte und machen sollte, den normalen Kontakt miteinander zu halten. Die Sieger in diesem Krieg hatten verschiedene Vorstellungen davon, wie es mit diesem Land weitergehen sollte, jeder beanspruchte einen Teil, in dem er das Sagen hatte.

Lilli lebte dort, wo die Russen ihre Ideen durchsetzten.

Für die Menschen begann – egal wo sie wohnten– eine Zeit der Hoffnung.

Man wollte alles wieder aufbauen.

Man wollte sich wieder freuen miteinander, gemeinsam feiern und lachen.

Man fühlte sich kraftvoll genug, das alles zu schaffen.

Egal wo, man wollte zum Guten verändern.

Die Zeit verging, Jahreszeiten zeigten sich mehrmals auf dem Hof. Man schätzte ihre Arbeit. Außer Kost und Logis gestand man ihr seit einiger Zeit außerdem einen dürftigen Lohn zu, und gerade hatte man ihr unterbreitet, dass man für sie neben dem Kuhstall, dort wo man bisher allerlei Gerätschaften untergebracht hatte, eine Wohnung bauen wollte. Nichts besonderes, ein kleines Zimmer für ein Bett und ein Raum wie eine Wohnküche mit

fließendem Wasser. Der Herd würde - mit Holz gefüttert - das Zimmer warm halten, solange das
Feuer brannte. Das Plumpsklo blieb das Plumpsklo
am Ende des Stalles neben der letzten Kuh.

Lilli war 23 Jahre alt und hatte noch nie eine eigene
Wohnung besessen. Sie war angefüllt mit Freude
über diese Möglichkeit. Ihr Kopf war voll mit Bildern über ein eigenes Zuhause. Sie sah vor sich auf
einem Tisch einen Wiesenblütenstrauß in einem
Krug stehen, hörte das Teewasser auf dem Herd
blubbern und stellte sich vor, im Bett zu liegen und
zu wissen, hinter der Tür war immer noch IHR
Reich, das, das zu ihr gehörte.

Sie konnte sich sogar vorstellen, die Kühe durch
die dünnen Wände zu hören, ihr Rascheln und Mu-
hen, und es würde sie nicht stören, sondern sie
würde sich wohl fühlen damit, mit diesen gewohn-
ten Geräuschen.

Tja, und dann….?

Wieder schlug das Leben einen Haken.

Wieder veränderte sich alles für sie.

Anna

Auf einmal stand sie auf dem Hof. Das erste, was Lilli auffiel, waren der Rucksack und die langen Beine, die wie Streichhölzer waren, so dünn.

Das Mädchen sah müde aus und bat um etwas zu essen.

Lilli war die erste, der es über den Weg lief und die es um diesen Dienst bat. So begleitete Lilli das wie verloren wirkende große Kind zur Bäuerin. Zögerlich stimmte die einer Mahlzeit zu, ließ aber gleich anklingen, dass es mit einem Nachtlager allerdings schlecht aussehen würde.

Lilli kannte es, sich durchbetteln zu müssen und bot sofort eine Lösung an.

Ihr Bett.

Schmal, ja, aber bei so dünnen Gestalten müsste es möglich sein.

Vielleicht jeweils die Füße am Kopf des anderen?

Es würde klappen, auf jeden Fall.

Da konnte die Bäuerin nichts mehr dagegen halten.

Und so blieb Anna, machte sich nützlich, bekam zu essen und schlief mit in Lillis Bett.

Und aus dem Schlafen im gemeinsamen Bett wurde immer öfter ein Erzählen der Jüngeren und ein Zuhören von Lilli.

Das konnte sie ja gut, das hatte sie schon mal bewiesen.

Und sie erfuhr von einer Geschichte, wie sie dieser Krieg so unendlich viele Male geschrieben hatte.

Sie handelte von einer Familie aus Schlesien, die sich wie all die anderen gehetzt auf die Flucht gemacht hatte.

Von der großen elfjährigen Tochter Anna, die jetzt 3 Jahre später ihren mageren Körper zu Lilli ins Bett quetschte, von dem kleinen Bruder, dem wirklich noch kleinen, der von der Mutter gehalten wurde und gemeinsam mit ihr im Strudel der Menschen auf einem Bahnhof von Anna getrennt wurde. Die versuchte, die Nadel im Heuhaufen zu finden, und es gelang ihr nicht.

Sie war auf einmal da, wo sie nicht sein wollte und nicht hingehörte.

Wie so viele andere in dieser Zeit hatte sie auf einmal nichts mehr außer sich selbst und einem Zettel.

Dieser Zettel war ihr Heiligtum geworden die ganze Zeit über, immer wieder gefaltet, gelesen - kaum mehr lesbar - und auswendig gelernt.

Er war die ganze Zeit über ihr Strohhalm gewesen.

Er war der Träger der Adresse, zu der die ganze Familie hatte fahren wollen.

Dort wohnten die Verwandten.

Dort schien man sicher zu sein in dieser wirren Zeit.

Sie wollte nach Flensburg.

Flensburg?

Wo war Flensburg?

Auch Anna hatte lange keine Ahnung gehabt, aber der Name hatte sich in ihrem Kopf eingebrannt.

Immer wieder hatte sie Menschen auf ihrem bisherigen Weg nach diesem Ort gefragt.

Immer mal wieder ein bisschen mehr darüber erfahren.

Flensburg, das war ein Ort an der Ostsee so weit im Norden von Deutschland, weiter nördlich ging gar nicht.

Aber Flensburg hatte nicht nur das Problem ewig weit entfernt zu sein, sondern zwischen diesem Bett, in dem sie zu zweit lagen, und der genannten Stadt lag die Grenze zwischen den Herrschaftsbereichen der neuen Machthaber.

Anna hatte gehört, dass sie scharf bewacht würde, dass man damit rechnen musste, auf Soldaten mit Waffen und Hunden zu stoßen, dass man sich in Lebensgefahr begab, und sie traute sich nicht, diese Hürde zu überwinden.

Sie war 14, mein Gott!

Jeden Tag ein bisschen mehr schob sie sich in Lillis Herz, jeden Tag ein bisschen mehr nahm Lilli Annas Leid wahr.

Jeden Tag ein bisschen mehr wusste Lilli, dass sie das Mädchen begleiten und ihr ermöglichen sollte, wieder mit ihrer Familie vereint zu sein.

Sie fütterte weiter die Kühe, melkte sie und mistete den Stall aus, und Anna half an den Stellen, wo im Haus oder im Stall jemand wie sie gebraucht wurde.

Irgendwann aber, ohne schon einen festen Plan zu haben, war Lilli alles klar.

Sie teilte den Bauersleuten mit, dass sie ihr keine Wohnung zu bauen brauchten, sie würde gehen, weiterziehen zusammen mit dem Mädchen.

Sie war klar und fest.

Die Leute erkannten es mit Entsetzen, weil ihnen Lillis Kraft, Zuverlässigkeit, Hingabe zu den Tieren fehlen würde.

Sie zahlten ihr den restlichen Lohn aus.

Sie legten sogar noch ein bisschen was drauf.

Und Lilli war zufrieden.

Sie gab Anna das Gefühl, dass sie es zu zweit schaffen würden.

Anna lebte jetzt mit dem Vertrauen, dass sie sich fest auf sie verlassen könnte.

Und so verließen die beiden den Hof, das Mädchen mit dem Rucksack und den Streichholzbeinen und dem Zettel und Lilli, ja Lilli mit einem Beutel, in dem ihr karger Lohn untergebracht war.

Ein paar Sachen zum Wechseln, ja, die auch noch.

Verstaut ebenfalls in einem Rucksack.

Zwei Gestalten, beide mit einem Rucksack, machten sich wieder auf den Weg.

Zuerst zur Grenze

Im nachherein konnte Lilli nicht mehr sagen, wie viele Tage sie bis zur Grenze brauchten.

Sie waren auf kleinen Wegen unterwegs, versuchten Uniformen auszuweichen. Mal schliefen sie im Freien, meist versuchten sie auf kleinen Höfen Kost und Logis zu bekommen gegen Arbeit aber oft bekamen sie es auch aus Erbarmen.

Sie trafen, je mehr sie sich der Grenze näherten, auf immer mehr Menschen, die Auskünfte geben konnten. Einige wollten hilfreich sein, bei einigen erkannten sie ein Misstrauen und andere wiederum boten sich gegen Bezahlung an, sie auf die andere Seite zu bringen.

Zuletzt zeigte ihnen ein Ortskundiger, was sie bedeutete, diese Grenze.

Diese Unterweisung war nicht selbstlos. Nach der Schilderung der fast als unmöglich dargestellten Querung bot er sich als Führer an gegen einen Betrag, der von Lilli als machbar eingestuft wurde.

Er überschritt nicht ihre karge Barschaft.

Die Grenze hatte sich in den Köpfen der beiden als so großes Hindernis eingenistet, dass sie das Angebot annahmen.

Der Mann zeigte ihnen einen Treffpunkt, gab ihnen Verhaltensregeln mit für die Zeit, bis es losgehen sollte.

Musste es eine Nacht sein mit viel Dunkelheit, um nicht gesehen zu werden? Oder war es genau umgekehrt? Der Mond musste scheinen, um den Weg erkennen zu können.

Lilli musste sich stark konzentrieren, um alle Anweisungen, die ihnen gegeben wurden, nicht durcheinander zu werfen.

Endlich war die richtige Nacht da. Sie huschten den beschriebenen Weg entlang, näherten sich der angegebenen Stelle.

Ihr Führer war da. Bezahlung im Voraus. In ihrem Beutel blieb noch ein Rest. Man hatte ja noch eine Strecke vor sich – nach der Grenze.

Er gab ihnen Verhaltensregeln. Auf keinen Fall reden. Rennen, wenn ich es sage. Hinducken, nicht bewegen, wenn ich es auch mache.

Achtet auf mich!!!

Die Spannung stieg, die Beine fühlten sich an, als wollten sie nicht gehorchen.

Lilli kannte das, wollte es nicht kennen.

Nun hatte sie jemanden mit sich, der ihr vertraute, für den sie sich verantwortlich fühlte.

Und so startete dieses Trio in dieser besonderen Nacht, bewegte sich genauso, wie es sich bewegen sollte, horchte auf die Geräusche, versuchte Tier- und Menschenlaute zu unterscheiden.

Gleise mussten überquert werden, eine gut einsehbare Schneise, für jeden, der andere sehen und erwischen wollte.

Lag der Geruch der mit Zeitungspapier gedrehten Zigaretten in der Luft, denen, die die russischen Soldaten in Ermangelung normaler Ware immer benutzten?

Irgendwann, Lilli und Anna wussten nicht, wie weit sie es noch hatten, drehte sich ihr Führer abrupt zu ihnen um.

Er redete, nein, nein, er flüsterte nicht, er redete.

Sein Ton war verändert und Lilli wollte nicht verstehen, was er sagte.

„Jetzt kommt der schlimmste Teil, der kostet noch mal extra.

Im Beutel ist doch noch was. Ich will den Beutel"

Er hatte sie gut beobachtet.

Was macht man, wenn man eigentlich nur eine Möglichkeit hat?

Sie musste ihm den Beutel gegeben haben, denn sie sah, wie er in seiner Tasche verschwand.

„Geradeaus in diese Richtung. In etwa 50 Metern seht ihr den Grenzpfahl".

Er verschwand im Gebüsch, ließ sie alleine stehen mit der Vorstellung, in großer Gefahr zu sein.

Wie bewegt man sich in einem Minenfeld?

Es dauerte, bevor sie sich überhaupt trauten, einen Schritt vorwärts zu tun, bis sie – weiterhin auf jedes Geräusch achtend- sich in die vorgegebene Richtung bewegten.

Und das stimmte, es waren nur wenige Meter bis zu diesem wichtigen Pfahl, aber alles andere, die noch lauernde extreme Bedrohung, die Berechtigung einer weiteren Bezahlung, die gab es nicht.

Es gibt Berichte darüber, dass besonders Frauen ohne männliche Begleitung an dieser Grenze nicht nur damit rechnen mussten, beraubt zu werden.

Benutzt und getötet, davon konnte man auch immer mal lesen. Sie waren NUR beraubt worden.

Vielleicht sollte man das als Glück bezeichnen.

Weiter nach Flensburg

Wenn man jetzt auf einer Landkarte ihren Standort suchen würde, würde man schon ganz schön nahe an Lübeck heran rücken.

Nicht so, dass es sofort erreichbar wäre.

Die beiden waren ja zu Fuß unterwegs.

Aber wie auch bisher trafen sie immer wieder auf genug hilfsbereite Menschen, um weiterzukommen.

Sie hatten sich Lübeck vorgenommen, in Lübeck den Bahnhof.

Der Name klang, als würde es Hoffnung geben, um von dort das letzte Stück zu schaffen.

Anna war seit dem Vorfall an der Grenze zu einem kleinen kaum wahrnehmbaren Wesen hinter Lilli geworden. Ihre anfängliche hoffnungsvolle Stimmung war verloren gegangen, hatte sich einfach aufgelöst und Lilli war sich bewusst, dass alles von ihr abhing.

Die letzte Strecke war beschwerlich. Niemand hatte sie ein Stück mitgenommen, die Füße taten weh, es wurde langsam dunkel und seit kurzer Zeit goss es in Strömen.

Sie waren nass, sie waren müde, sie waren hungrig.

In diesem Moment hofften sie nur auf ein Dach über dem Kopf, eine Bank zum Hinlegen im Wartebereich, - hoffentlich in einem warmen Wartebereich - und wenn sie ganz viel Glück hatten einem späten Reisenden mit einem Reiseproviant, von dem er ihnen ein Häppchen abgeben würde.

Sie waren so erschöpft.

Es kam besser, obwohl es zuerst gar nicht so aussah.

Der Bahnhof war um die Zeit menschenleer.

Der warme Wartebereich war abgeschlossen.

Mutlos- diesmal beide – hockten sie sich in eine windgeschützte Ecke und wussten nicht weiter.

Der Bahnbeamte, der sie entdeckte, muss ihnen wie ein Wesen von einem fremden Stern vorgekommen sein.

Er war ein gutherziger Mensch, konnte dieses Bild nicht ertragen und bugsierte sie in sein kleines, mollig warmes Dienstzimmer, das den Blick auf das Bahnhofsgelände frei gab.

Von dort hatte er sie entdeckt.

Er füllte ihnen seinen Becher, aus dem sie abwechselnd trinken mussten, mit heißem Tee, und diesmal war er es, der lauschte auf das, was Lilli erzählte. Anna war zu der Zeit längst auf der Holzbank neben dem Ofen in sich zusammengesackt und schlief.

„In vier Stunden wecke ich euch", war danach seine Ansage.

Es war immerhin mitten in der Nacht.

„Dann fährt der Zug nach Kiel ab.

Dort müsst ihr umsteigen. Fragt oder seht auf die Hinweisschilder.

Der Zug geht dann direkt nach Flensburg."

Endlich erlaubte auch Lilli sich, einfach die Augen zu schließen.

Wie versprochen weckte er die beiden.

Für beide lag ein Brot bereit. Der Becher war wieder gefüllt, und ….

das war wie ein Wunder, auf dem Tisch lagen zwei Fahrkarten, die zu einer Fahrt von Lübeck nach Flensburg berechtigten.

Wieder reichte die Zeit nicht aus, um den Dank loszuwerden, der an dieser Stelle berechtigt gewesen wäre.

Der Zug wartete.

Und er setzte sich in Gang mit zwei Menschen an Bord, die erleichterter nicht hätten sein können.

Es spielte keine Rolle, dass der für sie in Kiel vorgesehene Zug ausfiel und sie erst am Nachmittag eine Gelegenheit hatten, weiter zu kommen. Die Jahreszeit ließ die Dämmerung schon einbrechen, als der Lautsprecher im Bahnhofsgebäude verkündete, dass hier Flensburg sei.

Anna war wie elektrisiert.

Ihr kleiner Zettel wurde wieder auseinander gefaltet, wurde noch wichtiger als er schon die ganze Zeit gewesen war.

Sie hielt ihn den Leuten unter die Nase, als sei nur das geschriebene Wort von Bedeutung.

Zugleich wiederholte sie immer wieder die Adresse.

Alles sollte getan werden, damit die Menschen verstanden, was sie wollte.

Alles stellte sich als simpel heraus.

Die Adresse lag gar nicht weit vom Bahnhof entfernt.

Es war ein Klacks, dahin zu kommen.

Das Haus sah solide aus.

Die beleuchteten Fenster ließen Vertrauen einflößend eine warme Atmosphäre nach außen dringen.

Sie schienen ein Willkommen auszusenden.

Trotz ihres heftigen Verlangens schien Anna zuerst zu zögern, nun endlich den so lange sehnsüchtig erwarteten Kontakt herzustellen.

Wenn sie nun gar nicht mehr hier waren?

Hier nie angekommen waren?

Schon wieder weg?

Sie nicht mehr erwarteten nach all den Jahren?

Endlich fand ihr Finger den Knopf, drückte ihn runter soweit es ging.

Ein Ding Dong war von drinnen zu hören.

Die Tür wurde geöffnet.

„Mama?"

Sie kannte die Frau nicht, aber die reagierte.

„Elfriede, Elfriede komm her!!!!!"

Und dann, dann war da ihre Mutter.

Lilli erkannte es sofort.

So musste eine Mutter reagieren, der gerade ihr Kind zurück geschenkt wurde.

Lilli stand dahinter, vielleicht auch ein bisschen im Schatten –anders kann man sich das gar nicht erklären-

….und dann schloss sich die Tür.

Und sie stand draußen.

Alleine…

Richtung Nordsee

Und wie immer, sie drängte sich nicht auf.

Sie setzte sich auf die Stufen, die zur erhöhten Haustür führten, fühlte nichts mehr.

Doch, sie fühlte.

Sie fühlte sich leer und kalt und unglücklich.

Ja, sie erlaubte es sich auch, unglücklich zu sein, aber ohne sichtbares Weinen, Schluchzen oder andere Zeichen, die nach außen drangen.

Nur innen, da drinnen, da breitete sich ein Kloß aus, der ihr die Luft nahm, der den Hals zuschnürte.

Sie fühlte sich klein wie ein Embryo, wäre gern in irgendwas hinein gekrochen, nicht mehr da gewesen.

Irgendwann musste sie eingeschlafen sein auf den Stufen vor dem Haus, ohne dass jemand sie vermisst hatte.

Erst der Bäcker, der früh am Morgen die Brottüte vor die Tür stellen wollte, fand sie in ihrem desolaten Zustand. Und wieder war da ein guter Mensch, der ohne viel zu fragen tätig wurde.

„Komm", sagte er und meinte es auch so, half ihr in seinen Bäckerwagen, drückte ihr ein Brötchen in die Hand und nahm sie mit.

Einfach so.

Sie hockte da auf dem Beifahrersitz, während er seine Tour abfuhr.

Sie hockte da weiter, als er zurückfuhr zur Bäcke-rei, von wo er gekommen war.

Der Weg führte nach Westen Richtung Nordsee.

Wie selbstverständlich fügte er sie ein in das nor-male Geschehen.

Er fragte nicht nach dem woher und dem wohin.

Er hatte so viel Leid gesehen in seinem Leben, dass er wusste, hier brauchte jemand eine Auszeit, eine Zeit zum Heilen, zum Wieder-auf- die Beine –kom-men.

Lilli dankte es ihm, indem sie sich klein machte in der Ecke, die er ihr zugewiesen hatte, das ihr zuge-dachte Essen und Trinken nutzte oder nicht nutzte und nach einer gewissen Zeit völlig unspektakulär anfing, Tätigkeiten auszuführen, bei denen sie be-obachtet hatte, dass eine Unterstützung hilfreich sein könnte.

Und als es ihr wieder langsam besser ging, zumin-dest körperlich, hörte ihr Retter auch ein bisschen was aus ihrem Leben.

Nicht alles, überhaupt nicht, aber doch einiges, und dabei tauchten immer wieder ihre Zeiten auf den Bauernhöfen auf.

In der Bäckerei wurde eigentlich keine weitere Hand gebraucht, und so schweiften die Gedanken des Bäckers durch die Menge all der vielen Men-schen, die er kannte, der Bauern insbesondere, und er machte Nägel mit Köpfen, sprach Leute an und vermittelte Lilli auf einen Hof noch weiter zur Nordsee hin,, von dem er glaubte, sie sei dort viel-leicht gut aufgehoben.

So wanderte sie auf den nächsten Hof, egal wohin, sie wusste sowieso nicht wirklich, wo sie war.

Bauernhof war Bauernhof.

Bauersleute waren Bauersleute.

Und Tiere waren Tiere, Gott sei Dank!

Nur den Wald vermisste sie,

Den gab es hier nicht.

Hier war plattes Land. Hier galt der Schnack, dass man schon morgens sehen konnte, wer mittags zu Besuch kommen würde.

Sie tat die Arbeit, die für sie anfiel, sie wurde gut behandelt, sie bekam ein bisschen Lohn, naja, aber nicht

die Wärme, die einen Menschen aufblühen lässt.

Aber die hatte sie bisher ja sowieso noch nicht so oft erlebt.

Die Zeit verging, Jahreszeiten wechselten sich ab, irgendwann, eingestreut in das Geplauder am Mittagstisch zwischen Gesprächen über den Viehbestand, die Nachbarsleute, die sich einen neuen Trecker geleistet hatten und die Bratkartoffeln, die diesmal besonders knusprig ausgefallen waren, da war es eine zufällige Notiz in der Zeitung gewesen, die auch noch in die Runde geworfen wurde. In einem Krankenhaus in der Nähe wurden Hilfskräfte gesucht als Unterstützung für die Krankenschwestern.

Sofort merkte Lilli, wie sich ihr Herz öffnete.

In einem Krankenhaus arbeiten, für andere Menschen da sein, die Hilfe brauchten!

Sie hatte so etwas nie ausgesprochen.

Sie hatte es sich noch nicht einmal als Gedanken erlaubt und merkte nun, dass es ein Herzenswunsch von ihr war.

Da wollte sie hin.

Da wollte sie hilfreich sein.

Und damit es auch wirklich etwas wurde, zog sie an ihrem nächsten freien Tag ihr Feiertagskleid an, fuhr mit dem Bus in die Kreisstadt und lief zu Fuß bis zum Krankenhaus. Sie traute sich, bei dem Pförtner dort nach demjenigen zu fragen, den man ansprechen musste.

Wirklich wurde sie weiter geleitet.

Sie landete in einem Büro, und als sie dort wieder herauskam, fühlte sie sich, als sei sie der glücklichste Mensch auf dieser Erde.

Sie bekam die Stelle.

Im Krankenhaus

Verbunden mit ihrer neuen Tätigkeit war eine Unterkunft im Schwesternheim

Sie durfte im Schwesternheim wohnen!

Sie war keine Schwester und durfte im Schwesternheim wohnen!

Das Krankenhaus war groß.

Sie fand es sehr groß.

Sie fand sich sehr nützlich als Unterstützung für die Schwestern.

Sie lernte in ihrem Inneren ein Wohlgefühl kennen, das ihren Bauch warm werden ließ und sie hätte hüpfen lassen, wenn ihr Gang nicht seit Ravensbrück und der dortigen Arbeit unbeholfen wirkte und hüpfen nicht zuließ.

Sie war aufmerksam, freundlich, die Welt ließ es zu, dass sie sich jeden Tag wieder auf den nächsten Tag freute.

Sie lachte, sie lachte mit anderen zusammen oder für sich alleine.

Inzwischen war sie Ende zwanzig.

Um sie herum wurde die Welt langsam normaler, was man so als normal ansieht.

Es gab genug zu essen.

Die Leute wollten am Wohlstand teilnehmen.

Sie mussten nicht ständig Angst um ihr Leben haben. Und sie lernten, erlernten Berufe, studierten, wollten Wissen erwerben und weiter kommen.

Und Lilli?

Lilli sog alles auf, was es im Krankenhaus zu beobachten und zu wissen gab. Sie wusste, welche Aufgaben zu ihr gehörten, zu den Schwestern und zu den Ärzten.

Pfleger und Ärztinnen waren damals noch rar gesät, die Hierarchie siedelte die Männer ganz oben und die Frauen darunter an.

So war das.

Je mehr sie vertraut wurde mit dem Krankenhausbetrieb, desto wichtiger erschienen ihr die Arbeiten der Krankenschwestern.

Da waren die Kontakte zu den Kranken, die Unterstützung der Ärzte, die eigene Befriedigung durch einen so verantwortungsvollen Dienst.

Lilli wollte Krankenschwester werden.

Sie traute sich zu, Krankenschwester werden zu können.

All das neue Wissen, dass sie erwerben würde, die neuen Möglichkeiten, noch mehr unterstützen zu können...

Sie wollte es werden!

An ihrem Krankenhaus wurden Schwestern ausgebildet.

Und sie bewarb sich.

Sie studierte die Unterlagen, die es auszufüllen galt.

Sie hatte das Glück, dass Krankenschwestern gebraucht wurden, dass man alle, egal welchen Schulabschluss sie hatten, ausbilden wollte.

Sie füllte alle Zettel nach bestem Wissen aus, las sie so oft durch, dass sie alles auswendig für sich herbeten konnte, fragte jemanden, dem sie vertraute, ob er noch einmal sorgfältig alle Blätter durchsehen könnte, damit sie bloß nichts übersehen hätte.... und gab alles ab.

Ab da wartete sie jeden Tag auf Antwort. Jeden Tag wieder fragte sie bei der Poststelle nach, ob ein Brief für sie da wäre.

Es dauerte eine Weile.

Es dauerte mehr als eine Weile.

Irgendwann schob ihr der wichtige Mensch, der Herausgeber dieses wichtigen Briefes den begehrten Umschlag zu.

Sie hastete in ihr Zimmer, riss zitternd gleich mit dem Finger - für den Brieföffner wollte sie keine Zeit verschwenden - die obere Kante auf, fischte das Schreiben heraus, ...

...konnte kaum lesen, was sie sah.

...Und verstand es noch weniger.

„Da Sie vorbestraft sind, können wir Sie nicht in unseren Kurs aufnehmen."

Da Sie vorbestraft sind?

Hieß das, dass eine Verurteilung, die ihr eigentlich überhaupt nie richtig vermittelt wurde, für die es keinen Grund gab schon gar nicht jetzt im Nachherein in einem neuen System, für die man sich damals aber das Recht herausgenommen hatte, sie kaputt zu quälen an Körper und Seele, dass diese Verurteilung nun genommen wurde, um ihr das zu verwehren, was sie sich so, so sehr wünschte.

Wieder war sie an einem Punkt angekommen, an dem sie einfach nicht mehr sein wollte.

Sie wusste nicht, wie man sich wehrt.

Sie lebte nur noch mechanisch.

Herr K.

In den vergangenen Jahren, in den verschiedenen Dörfern, die von den Bauernhöfen aus erreichbar waren, auf denen sie gearbeitet hatte, hatte sie die Dorfkrüge kennen und schätzen gelernt. Diese leicht angestaubten, häufig schummerig wirkenden Räume mit knarrenden Fußböden und auch nach einem Durchlüften immer noch von Bier und Korn geschwängerten Atmosphäre.

In den Zeiten, die Lilli schätzte, waren sie gefüllt mit lärmenden Gästen, die sich in der Lautstärke alle schienen übertrumpfen zu wollen, die sich an den Tresen drängten, hinter dem der Wirt gehörig zu tun hatte, um allen die Wünsche nach alkoholischen Getränken erfüllen zu können. In der Kreisstadt hießen sie nicht Dorfkrug sondern Kneipen und erfüllten die gleichen Anforderungen.

Lilli hatte gelernt, in eine Masse von Menschen einzutauchen, wenn sie sich und ihre Verzweiflung betäuben wollte. Andere, egal wen, dicht an sich zu spüren, Stimmengewirr wahrzunehmen, grölendes Gelächter, kumpelhaftes Gerempel und den Ruf nach mehr Bier. Hier und da mal ein derber Spruch, der in ihre Richtung ging, in die Richtung einer der wenigen Frauen in diesem Gedränge. Fast fühlte sich Lilli geehrt, so viel Aufmerksamkeit abzubekommen. Sie kämpfte sich durch, durch dieses Gewirr von Menschen in Richtung der Theke der Kneipe, die ihr in diesem Moment wie eine Rettung vor sich selbst erschien. Ein Schluck Alkohol, und die Welt würde rosiger aussehen.

Genau in diesem Augenblick der tiefsten Verzweiflung lief ihr Herr K. über den Weg.

Neben ihr der Typ mit dem schon leicht schwankenden Gang und dem mit Alkohol durchsetzten Atem machte eine ausladende Armbewegung, um der „Dame", wie er in die Menge tönte, den Gang zum Zapfhahn frei zu räumen. Dass er durch den zu viel geforderten Raum seinen Nachbarn ins Wanken brachte, war nicht seine Absicht, aber nun Anlass, um viele in das Geschehen einzubeziehen, und Lilli steckte mitten drin in einer Massenschlägerei. Da war es hilfreich, dass dieser Kerl auftauchte neben ihr, mit seinen starken Armen aufräumte um sie herum und die anderen dazu brachte, sich zurückzuziehen. Er zog sie hinter sich her, er bestimmte ab dem Moment ihr Leben.

Dieses erste Zusammentreffen machte auf Lilli einen großen Eindruck.

Ein Mann hatte sie beschützt.

Er hatte seine Kräfte eingesetzt, um sie aus einer misslichen Lage zu befreien.

Ab da gehörte sie ihm.

Er sah sie als seinen Besitz an.

Und sie lernte in der kommenden Zeit, dass sie das nicht davor schützte, selbst seinen Angriffen ausgesetzt zu sein.

Er misstraute ihr, verbot ihr Kontakte, die ihr vorher wichtig waren. Sie hatte das zu tun, was er für richtig hielt.

Herr Carstensen, der Pförtner beim Krankenhaus, der sie mit „schönes Fräulein" oder „Fräulein Sonnenschein" jeden Morgen begrüßte, Schwester Marga, die sie immer wieder ermutigt hatte, an sich selbst zu glauben und sich um die Ausbildung zu bemühen, beide hatten ihr jeden Morgen ein gutes Gefühl gegeben. Nun rief schon das bloße Erwähnen dieser Namen heftigste Reaktionen hervor.

Und sie fügte sich, wie sie es in ihrem Leben bisher gelernt hatte.

Sie mied ihre langen Spaziergänge mit Schwester Ursula, ihrem Vorbild, wenn sie an Schwestern dachte. Sie hatte ihr Mut gemacht, sich zu bewerben, in ihr die Fähigkeiten erkannte, die man für diesen Beruf brauchte.

Sie mied den Kontakt zu Walter, demjenigen, der ihr bei den Bewerbungsunterlagen die nötige Sicherheit vermittelt hatte und der ihr freundlich Platz eingeräumt hatte, als sie im Essensraum des Krankenhauses einen freien Platz gesucht hatte. Er arbeitet in einem der Büros und hatte jeden Tag mit Schriftkram zu tun.

Auch so manch anderen Mensch aus ihrem neu erworbenen Bekanntenkreis ließ sie für ihn hinter sich.

Er hatte so stark auf sie gewirkt, so als könne er jemanden gut beschützen. Nun lernte sie selbst die Seite von ihm kennen, mit der er andere einschüchterte.

Ein Blick, eine Handbewegung, ein Schritt näher an einen ran, schon war klar, dass man lieber nachgeben, ihm seinen Willen lassen sollte.

Wenn man dann noch erlebte, dass er seine Drohungen auch ohne Skrupel in die Tat umsetzte, wollte man lieber nicht auf der Seite stehen, die gegen ihn war.

Und Lilli?

Heute würde man sagen, sie wählte Plan B.

Sie hatte zu der Zeit die Hoffnung aufgegeben, jemals gut für sich sorgen zu können.

Was machte eine Frau zu der Zeit in so einer Situation?

Männer waren rar. Sie waren im Krieg geblieben. Sie waren Mangelware.

Frauen wurden versorgt von Männern, die sie heirateten.

Sie sah einen starken Mann, ungehobelt zwar, aber davon hatte sie ja schon eine Menge kennengelernt, einen, der sie begehrte - man kann darüber streiten, ob eigentlich sie begehrt war oder eher ihr Körper - und der sie brauchte in seinen Plänen.

Verheiratet klingt bürgerlich.

So jemandem traute man nicht gleich etwas Schändliches zu.

Einmal schenkte er ihr Blumen (die er vorher aus einem Garten zusammen gerafft hatte, der ihm nicht gehörte).

Naja, zum Angewöhnen.

Und Lilli schmolz dahin.

Noch nie hatte ein Mann ihr Blumen geschenkt. Das musste ein Zeichen für Liebe sein. Egal, was noch geschehen würde, sie wüsste nun, dass dieser Mann sie, nur sie liebte.

Wieder glaubte sie daran, dass das Leben sie in Bahnen lenkte, die ihr Heimat geben könnten.

…Heimat….

Sie wollte seine Rohheit nicht sehen, die Angst der anderen vor ihm.

Und manchmal bekam auch sie Angst.

Auch schon vor der Hochzeit.

Die Hochzeit wurde einfach in den Alltag eingebaut.

Hin, zack und unterschreiben.

Schon war man ein Ehepaar.

Alles andere, das Bürokratische, hatte Herr K. erledigt. Sie wusste eigentlich nichts über ihn und wurde auch in seine Pläne nicht eingeweiht.

Er erwartete, dass sie ihn von dem knapp zugeteilten Haushaltsgeld gut versorgte, dass sie ihm jeden Beleg vorlegte, um die Summen zu kontrollieren.

Er verbot ihr, weiterhin berufstätig zu sein.

Er war misstrauisch, erwartete auch sie auf der Seite derjenigen, die gegen ihn waren und darum kurz gehalten werden mussten.

Sie steckte ihre ersten Schläge von ihm ein.

Wusste sich nicht zu helfen.

Und dann war es ihr Glück, dass er sie geheiratet hatte. Sein Name war aufgetaucht in amtlichen Papieren. Ein Zufall, dass er jemandem auffiel, dem der Name etwas sagte.

Er wurde gesucht.

Er wurde gesucht, weil sein Leben voll war mit Straftaten.

Viele wollten, dass er büßte für das, was sich bei ihm angesammelt hatte,

Einbrüche,

Raub,

Gewalt,

einmal war sogar ein Mensch gestorben durch ihn und das, was er getan hatte.

Man stellte ihn vor Gericht, verurteilte ihn und sperrte ihn weg.

Zum Glück fand Lilli Unterstützer, die ihr halfen, sich nach kurzer Zeit wieder scheiden zu lassen.

Den Namen K. behielt sie.

Und danach?

Sie hat nie wieder einen Anlauf genommen, um sich in Ausbildungen zu versuchen.

Sie hat nie wieder einen Mann geheiratet.

Sie zog sich dahin zurück, wo sie sich auskannte.

Auf Bauernhöfe.

Wie viele waren es, auf wie vielen hat sie in den nächsten 15, 20 Jahren gelebt?

Die Erinnerungen verschwammen. Fetzen blieben hängen. Kleine Ausschnitte wie etwa die von dem großen Hof in der Nähe von Rendsburg, auf dem sie mit mehreren Knechten und Mägden dafür sorgte, dass man auf dem fruchtbaren Geestland optimale Gewinne einfahren konnte.

Dort ganz in der Nähe ereignete sich dann der Unfall, der lange Gesprächsthema in der ganzen Gegend war. Der Besitzer einer kleinen Hofstelle war auf dramatische Weise verunglückt. Seine Witwe hatte zusammen mit ihrem halbwüchsigen Jungen nicht nur diese tiefe Trauer zu bewältigen, sondern auch kaum eine Chance, die Arbeit auf dem Hof zu schaffen.

Lillis Arbeitgeber, der nicht nur viel Geld sondern auch ein Herz hatte, fand eine Lösung. Er bat Lilli, auf den kleinen Hof zu wechseln. Ihr karges Gehalt konnte man sich dort leisten. Sie konnte dort helfen, die nächsten Jahre zu überbrücken.

Und Lilli ging dorthin, wo sie am meisten gebraucht wurde.

So war sie

Sie hatte sich eingerichtet auf wenig Geld, das ihr zur Verfügung stand.

An die Zukunft, an das Alter dachte sie dabei nicht, konnte bei dem wenigen, das bei ihr landete, gar nicht daran denken.

Eins allerdings genehmigte sie sich. Sie liebte weiterhin die Dorfkrüge aber auch die Feste in den Dörfern.

Sie liebte es, in der Menge unterzutauchen.

Sie liebte es, in eine Menge fröhlicher, ausgelassener Menschen einzutauchen, sich mit ihnen eins zu fühlen, sich ihr Glück einzuverleiben.

Dann fühlte sie sich selbst auch glücklich.

Sie lernte es, sich fröhlich zu zeigen.

Die Qualen, Schmerzen, Enttäuschungen früherer Zeiten hatte sie in ein fest verschlossenes Kästchen in ihrem Inneren verbannt.

Sie konnte davon erzählen, ohne dass sie sie fühlte.

Ihre Berichte hörten sich sachlich an wie aus einem fremden Leben.

Irgendwann landete sie auf einem Bauernhof in der Nähe der Ostsee.

Hatte es sie weggetrieben?

Von der einen Küste wieder zur anderen?

In Kiel war sie ja immerhin schon mal gewesen, wenn auch nur kurz.

Hier in der Nähe von Kiel fand sie wieder für viele Jahre ein stabiles Zuhause, natürlich auf einem Hof.

Er lag abseits vom Dorf, aber das hinderte sie nicht daran, auch hier am Dorfleben teilzunehmen, sich hineinzubegeben, neue Menschen kennen zu lernen, sie mit ihrer Freundlichkeit für sich einzunehmen.

Eigentlich könnte man ihr hier wünschen, bis zu ihrem Lebensende bleiben zu können bei Leuten, die ihr wohl gesonnen waren und Tieren, die sie so sehr liebte. Sogar einen Wald gab es hinter dem Grundstück.

Ein kleiner Hund landete irgendwann bei ihr.

Ein kleines Wesen, dessen Schönheit man nur erkannte, wenn man es liebte.

Ihre Liebe erlebte der Kleine unter anderem dadurch, dass er immer üppig zu essen bekam und man erkannte an seinem Leibesumfang, wie sehr er geliebt wurde.

Er war der, der ihr nahe sein durfte, der auf ihrem Schoß saß, von ihr beschmust wurde.

Der Seemann

Wieder schloss sie Freundschaften.

Auch solche, die eigentlich gar keine Freundschaften waren, die ihr nicht gut taten. Solche, die an Herrn K. erinnerten.

Ein Seemann war der, der sie in Beschlag nahm.

Der brauchte jemanden, um seinen Haushalt in Ordnung zu halten, der es ertrug, schlecht behandelt zu werden, der dann nicht gleich weg lief.

Lilli eben.

Die kannte das ja.

Er war geschieden, hatte drei Kinder, die aber – zumindest zuerst – bei der Mutter lebten.

Zum Glück war er meistens auf See, kümmerte sich dann nicht um Lilli und auch nicht um seine Kinder.

Allerdings wünschte sich jeder von ihnen, wenn er da war, dass er bald wieder fahren möge.

Er war kein angenehmer Zeitgenosse.

Jeder müsste Lilli eigentlich vor so einem Kerl gewarnt haben, und vielleicht hat das auch so mancher getan.

Eigentlich aber hatte Lilli immer noch nicht die Hoffnung aufgegeben, irgendwann ihre eigene Familie zu haben, womöglich eigene Kinder und besonders wichtig einen Menschen, der ihr wohlgesonnen wäre, sie beschützen und ihr die Verantwortung für sich selbst von den Schultern nehmen würde, ihr erlauben würde, auch mal hilflos zu sein ohne schlimme Konsequenzen.

Immerhin, dieser Mann arbeitete. Er war auf See, arbeitete hart. Die Kneipe war allerdings in Sichtweite zum Hafen und ohne Umschweife zu erreichen, sobald sein schwankender Gang wieder auf festem Boden landete.

Alkohol macht viel mit Menschen.

Lilli hoffte, endlich die sein zu können, die ihn aus diesem Teufelskreis herausholen würde. Sie musste nur fest genug zu ihm stehen. Sie war überzeugt, dass seine geschiedene Frau, die Mutter der drei Kinder, nicht den richtigen Weg gefunden hatte.

Nun saß diese Mutter da, alleine mit den 3 Kindern, die langsam größer und aufmüpfiger wurden, sehnte sich nach einem, der sie entlasten könnte und fand jemanden. Die Töchter akzeptierten ihn, der Sohn war kaum noch zu bändigen, und als sie ihn aus seiner Lehre wegen eines Umzugs herausnahm, eskalierte alles. Sie war nicht bereit, ihr neues Leben für ihren Sohn aufzugeben, verstand seine Not nicht oder wollte sie nicht verstehen und machte ihm klar, dass er es ab jetzt bei seinem Vater versuchen sollte. So landete der Junge bei dem Seemann, das heißt bei Lilli, denn der Seemann war wieder mal nicht da und das war gut so.

Lilli wird Mutter

Auf die Art wurde Lilli zum ersten Mal Mutter, bekam einen 16 jährigen Sohn, sie, die mit dem knorrigen Äußeren und der vielen Liebe innen drin, die sie so gerne hervorholen wollte und es auch tat.

Erfahrung war nicht da aber Verständnis.

Sie hörte zu, wie schon erwähnt, das konnte sie.

Sie wurde tätig für den großen Jungen, den Pieter, der hilflos wie ein aus dem Nest geworfenes Vogeljunges darauf wartete, dass jemand für ihn da wäre.

Lilli war für ihn da, überlegte, was sie gern selbst in dem Alter als Unterstützung gehabt hätte und machte sich als erstes auf den Weg zu seinem früheren Lehrherrn. Pieter nahm sie mit. Der schlich neben ihr her, hilflos und mit schlechtem Gewissen, denn er ahnte Übles, von dem Lilli noch nicht wusste. Der Lehrherr setzte sie schnell in Kenntnis. Er klärte sie auf über die vielen Verspätungen, die Fehltage und die schlechten Leistungen, die sich daraus ergeben hatten. Er wusste nichts über die Gründe, aber er war auch nicht unglücklich, als Pieters Mutter ihn damals bei ihm abmeldete. Nun hatte er einen neuen Lehrling, mit dem war er sehr zufrieden.

Von sich aus fragte sie nicht nach den Gründen seines Fehlverhaltens, ging einfach nicht mehr darauf ein.

Erst viel, viel später sprach Pieter von sich aus. Aus Gesprächsfetzen erfuhr Lilli von seinen Aufgaben in der Mutterfamilie, von seiner Verantwortung für die jüngeren Schwestern, die ihm aufgebürdet wurde, wenn die Mutter sich etwas anderes vorgenommen hatte oder nach einer durchzechten Nacht nicht rechtzeitig aus dem Bett kam. Das war nicht immer mit pünktlichem Erscheinen in der Lehrstelle vereinbar.

Es wurde klar, dass es keinen Weg mehr zurück in die Lehre gab, aber dann, was dann? Gemeinsam entschied man sich für einen Job auf See.

Fischkutter?

Was Größeres?

Hauptsache, der Junge war untergebracht. Leicht war das Leben dort nicht, aber jetzt hatte er eine Anlaufstelle, die ihn auffing, wenn er an Land war.

Einzig der Vater störte, wenn er mal da war. Er war - oft von Alkohol umnebelt - unberechenbar, man wusste nie, was man gerade durfte und was nicht.

Er prügelte, er wurde rot vor Zorn, wenn er seinen Sohn nur sah.

Blindwütig prügelte er, zuerst mehr den Sohn, dann Lilli, weil sie sich dazwischen warf.

Sie stellte sich vor das große Kind und war dann diejenige, die alles abzufangen versuchte, und das große Kind erlebte, wie es ist, wenn ein Erwachsener für einen da ist.

Lilli und Pieter wuchsen zusammen, wussten, dass sie jeder für den anderen wichtig waren.

Aber es gab auch noch den Vater. Viele Jahre lang versuchte Lilli immer wieder Gewalt und Schrecken zu entschuldigen, versuchte sich noch mehr anzustrengen, um ihm zu zeigen, wie sehr sie an eine gemeinsame Zukunft glauben wollte.

Wie viel verzweifelte Hoffnung muss sich in einem Menschen angesammelt haben, wenn er sich so bindet?

Erst nach vielen Jahren schaffte sie es, sich von diesem Mann zu trennen, für den Jungen allerdings blieb sie auch danach die Mutter.

Inès

Eines Tages kam Pieter mit Inès nach Hause, einem süßen kleinen Ding. Sie hatte ganz dunkle Haare und ebensolche Augen. Sie schien wie her geweht aus einem weit entfernten Land, und das war sie auch.

Sie war nicht von hier. Sie kam aus Südamerika.

Sie brachte ihre eigene Geschichte mit.

Die Geschichte erzählte von einer armen, kinderreichen Familie in den Anden im südlichen Kolumbien, wo sich die Väter als Tagelöhner, als Plantagenarbeiter oder in anderen minderbezahlten Tätigkeiten verdingten. Jeder Peso wurde gebraucht und so mancher dringend gebrauchte in Alkohol umgesetzt, bevor er in der Familie hungrige Mäuler stopfen konnte.

Zwölf Kinder waren sie zu Hause. Das kleine Stückchen Land, das für die Familie zur Verfügung stand, brachte viel Arbeit und wenig Ertrag, und jedes Kind musste mit anpacken, wenn es nur irgendwie aus dem Kleinkindalter heraus war. So stapfte auch Inès an so manchem Tag neben dem Vater her zur Plantage hinüber, die den reichen Herrschaften aus Deutschland gehörte und wo man auch für Kinder schon sinnvolle Tätigkeiten fand, um die Erwachsenen zu unterstützen. Eines Tages fehlte eine Hand im Inneren der hochherrschaftlichen Hazienda, in der Küche, in dem Gewusel um die Mittagszeit. Inès fiel auf, als sie an der Küchentür um einen Schluck Wasser bat und

sofort wurde sie angestellt, um die Suppe umzu-
rühren. Sie stellte sich geschickt an und gehörte ab
da zu den hilfreichen Geistern im Haus.

Immer mehr wurde sie auch in andere Räume des
Hauses geschickt, unterstützte hier und auch dort,
fiel der Patrona des Hauses auf.

Sie lernte allerlei in den Jahren, in denen man sie
dort anstellte. Der Lohn, naja … Sie war ja fast noch
ein Kind, bekam zu essen und durfte auch für ihre
Familie Nahrung mitnehmen. Wenn dann noch hin
und wieder ein Geldstück bei ihr landete, konnte
sie gewiss zufrieden sein.

So war das Leben.

Aber bei ihr ging es anders weiter.

Die Herrschaften von weit her wurden älter, sie
vertrugen das Klima nicht mehr, man machte Pläne
über eine Rückkehr nach Deutschland. Zugleich
wollte man nicht auf bestimmte Bequemlichkeiten
verzichten und wurde sich mit den Eltern einig,
dass Inès sie begleiten sollte. Sie kannten sie, wussten um ihre Qualitäten im Haus. Außerdem wusste
Inès nichts von Ansprüchen und Rechten.

Sie war anstellig, jung - eigentlich zu jung, doch
man machte sie einfach im Ausweis ein wenig älter. Man konnte den Eltern darstellen, welches
Glück Inès in ihrem Leben hatte, solch eine Verän-
derung erleben zu dürfen.

Inès selbst hatte keine Vorstellungen davon, was
diese Entscheidung bedeuten würde.

Sie landete in einer Villa in Deutschland. Der
Patrón war reich.

Alles war fremd.

Das Wetter war anders. Sie fror, nicht nur am Körper, auch in der Seele.

Sie kannte die Bäume nicht, die Pflanzen, die Tiere. Sie lernte Schnee kennen und das Meer, und sie vermisste alles, was sie hinter sich gelassen hatte, die Familie, die Dorfbewohner, das Vertraute.

Am schlimmsten war, dass sie außer ihren Herrschaften niemanden verstand.

Sie verstand die Leute nicht, und die Leute verstanden sie nicht. Sie fühlte sich abgeschnitten.

Es dauerte lange, richtig lange bis ihre große Not erkannt wurde, man ihr zubilligte, sich in der nun gegebenen Situation einzurichten. Ihr wurde erlaubt, Deutsch zu lernen und wenn schon was lernen, dann auch gleich nähen. So konnte man sie im Haushalt noch besser einsetzen.

Zuerst begleitete man sie zu den Kursen, man konnte hingehen, es war nicht weit.

Später traute man ihr zu, alleine aus dem Haus zu sein, das zu schaffen.

Und wie das Schicksal so spielt, ihr fiel die Tasche runter, Pieter, der gerade des Wegs kam, hob sie flugs auf.

Verlegenheit auf der einen Seite und Verlegenheit auf der anderen.

Sprachlosigkeit, Lächeln, eine unbeholfene Rückgabe und ein Blick in die gegenseitigen Augen und Inès war klar, warum sie unbedingt Deutsch lernen wollte und Pieter, dass er nun jeden Tag um diese

Zeit an diesem Ort sein würde. Er wollte sie unbedingt wiedersehen.

Und so kam Pieter eines Tages mit Inès nach Hause.

Hand in Hand kamen sie, als ob sie sich aneinander festklammerten.

Lilli nahm auch das junge kolumbianische Mädchen unter ihre Fittiche, das auf so abenteuerliche Weise ohne Sprachkenntnisse in Deutschland gelandet war und sich nun gemeinsam mit dem jungen Mann auf den Weg machte ins Erwachsenenleben, jung beide noch, unerfahren.

Sie wurde die Anlaufstelle, wenn Inès frei bekam, ihre Patrones ihr freie Zeit zubilligten.

Lilli war die erste, die davon erfuhr, als die jungen Leute ahnten, dass ihre gegenseitige Sehnsucht nach körperlichen Kontakten, eine neue Situation heraufbeschworen hatte. Inès war schwanger.

Ihre Herrschaften waren so entsetzt, als sie davon erfuhren, dass sie sie vor die Tür setzten.

Lilli kratzte ihre Ersparnisse zusammen und richtete den beiden eine bescheidene Hochzeit aus.

Für Pieter musste eine neue Arbeit gefunden werden, damit er bei seiner entstehenden Familie sein konnte, denn das wünschten sich beide.

Der fülliger werdende Bauch verhinderte den Traum von einer von ihnen gewünschten Wohnung.

Die Vermieterin wollte kein Babygeschrei im Haus.

Es wurde eine andere Wohnung gefunden, klein und etwas weiter weg und eine Arbeitsstelle als Pförtner.

Lilli blieb immer für sie und später ihre drei Kinder so etwas wie deren Mutter, nicht so ganz dicht aber ständig der Anker in schwierigen Situationen.

Die Zeitungsausträgerin

Durch irgendwelche Kontakte kamen dann aber auch zwei weitere neue Bereiche in ihr Leben.

Zum ersten Mal bekam sie eine richtige Anstellung mit Altersversorgung und einem kleinen Gehalt noch in der Zeit auf dem Hof.

Nicht, dass sie sich nun um ihr Alter keine Sorgen mehr machen musste.

Sie hatte inzwischen längst aufgegeben, sich mit dem Lebensabschnitt zu beschäftigen.

Ihr Leben hatte ihr so oft gezeigt, dass nicht immer alles so kam, wie man es sich ausmalte.

Aber es war ein Zeichen von Respekt.

Das hatte sie noch nicht so oft erlebt.

Sie trug nun die Zeitungen des regionalen Vertreibers aus.

Ihr Bereich war weitläufig, nicht so einer, bei dem man auf einen Schlag viele Blätter in die vielen Briefkästen eines Mehrfamilienhauses stecken konnte.

Sie hatte einen Bezirk mit Einfamilienhäusern, Villen in großen Grundstücken eingebettet in Wald.

Viel Fahrrad fahren, viel laufen, viel an der frischen Luft sein bei jedem Wetter.

Das alles musste erledigt sein, bevor die Menschen, vor allem die Berufstätigen, sich mit der Zeitung und einer Tasse Kaffee in den Tag hinein trauten.

Lilli genoss das alles.

Sie erlebte das Aufwachen des Tageslichts, den nacheinander einsetzenden Gesang der Vögel

Sie hatte ein starkes Licht an ihrem Fahrrad, und die reichen Häuser waren meistens mit Bewegungsmelder und dementsprechender Beleuchtung ausgestattet.

Die Menschen, die dort wohnten, wollten wissen, wer und wer wann auf ihr Grundstück kam, wollten all die abschrecken, die hierher kamen, um zu räubern oder noch Schlimmeres zu tun.

Lilli profitierte davon.

Ihr Weg war dadurch gut sichtbar.

Außerdem wusste sie nach kurzer Zeit, wer wo wohnte, zu Hause war oder verreist, wer einen Hund hatte, der als Wache angeschafft wurde.

Sie schaffte es mit ihrer Stimme schnell, die Tiere an sich zu gewöhnen.

Diese Tätigkeit machte sie zufrieden, ja stolz.

Sie verband sie mit so vielem, was ihr lieb und gewohnt war.

Das frühe Aufstehen gehörte schon immer zu ihrem Leben, die Natur war ihr verbunden und die Jahreszeiten hatte sie auch schon immer bewusst durchlebt.

Schon früh, wenn für die anderen der Tag begann, war sie fertig mit ihrer Arbeit und konnte auch selbst eine Tasse Kaffee trinken

Die Pflegerin

Und es blieb Zeit für eine weitere Aufgabe, denn die Arbeiten auf dem Hof wurden immer beschwerlicher für ihre lädierten Knochen.

Im Dorf hatte es sich inzwischen herumgesprochen, dass Lilli mit jedermann gut auskommen konnte. Man erlebte sie mit ihrer Freundlichkeit, wusste um ihre Genauigkeit, wenn es um Verabredungen ging, einige hatten auch inzwischen eine Ahnung davon, dass sie es schwerer als andere bisher in ihrem Leben gehabt hatte. Einigen hatte sie von ihrer Arbeit im Krankenhaus erzählt.

Jemand, der Hilfe brauchte, traute ihr auf dem Gebiet Unterstützung für sich zu.

Ein Ehepaar war das, schon älter, mit den Gebrechen, die sich mit der Zeit so ansammeln können.

Er war noch ganz rüstig aber nicht rüstig genug, um seine pflegebedürftige Frau richtig zu versorgen.

So bat er Lilli.

Er machte ihr ein Angebot, dass sie nicht ausschlug.

Er bat sie, zu ihnen zu ziehen und seine Frau zu pflegen.

Das Haus des Ehepaares war ein bescheidenes Haus, so ein Siedlerhaus, gleich nach dem Krieg errichtet.

Meist geschah das damals noch mit viel Eigenarbeit, und, damit man möglichst gut für sich selbst sorgen konnte, mit einem kleinen angebauten Stall und einem großen Garten. Auf große Tiere, ein Schwein womöglich, verzichtete man inzwischen. Einige Kaninchen lebten noch in kleinen Ställen, die Gartenfläche bot immer noch Platz für ein bisschen Gemüse, obwohl große Flächen inzwischen mit Rasen bedeckt waren.

Die Zimmer waren klein, und eins davon im Dachgeschoß bekam sie.

So zog sie um.

Von einem großen Bauernhof in ein kleines Haus, in dem noch vieles an das Leben auf einem Hof erinnerte. Und ihr Körper freute sich über die Entlastung.

Die Kinder des Ehepaares - längst erwachsen und weit weg gezogen - nahmen sie nett auf. Bei Familientreffen war sie mit dabei.

Es änderte sich wenig, als die alte Dame starb. Lilli blieb im Haus, versorgte den Mann, trug ihre Zeitungen aus und freute sich über Freundschaften.

Alles lief gut.

Das Leben der beiden miteinander spielte sich ein.

Gemeinsam begann man nebeneinander auf dem Sofa sitzend, vor sich den mit einer Wachstuchdecke geschützten Tisch, den Morgen.

Er las ihr aus der Zeitung vor, die natürlich schon da war.

Sie stimmte ihm mit ihrer knarzenden Stimme zu, wenn es der Text verlangte.

Sie räumte den Tisch ab, erledigte die Hausarbeit, nahm sich den Abwasch, die Böden vor, einfach alles, was so in einem Haushalt erledigt werden musste. Sie hatte alle Freiheiten der Welt, sich ihre Arbeit einzuteilen.

Er war es als ehemaliger Schreibtischbeamter gewohnt, den Tag ohne viel Bewegung auf einem Stuhl zu verbringen. Das hatte er beibehalten, verzog sich zu Schreibtischarbeiten, zum Lesen oder was immer sonst seinen Tag füllte an seine Arbeitsplatte neben der Wohnzimmertür, war mit sich und der Welt zufrieden und ließ Lilli schalten und walten.

Sie lebten schon fast wie ein Ehepaar. Sie hatten sich aneinander gewöhnt, konnten sich ein anderes Leben gar nicht mehr richtig vorstellen.

Nur Kosenamen hatten sie nicht füreinander. Für sie blieb er Walter und für ihn blieb sie Lilli.

Nur abends trennten sich ihre Wege. Während er in seine Seite des noch vorhandenen Ehebetts sank, mühten sich ihre verbrauchten Gelenke jeden Abend zu ihrem Kämmerchen im Dachgeschoss die steile Treppe hinauf.

Irgendwann bot er ihr die ungebrauchte Hälfte seines großen Bettes an.

Zugleich machte er ihr einen Heiratsantrag.

Das Bett nahm sie an, den Antrag nicht.

Lilli war ein gebranntes Kind und lehnte ab. Sie hatte ihn zu spät in ihrem Leben getroffen.

Man vertraute einander und das genügte ihr.

Er machte ihr klar, dass er für sie sorgen wolle, wenn er mal starb und versprach, ihr ein lebenslanges Wohnrecht in diesem Haus ins Grundbuch eintragen zu lassen.

Das beruhigte ihn und auch sie. Es war für beide ein Zeichen des Respekts, fast so gut wie ein Ehevertrag.

Es war keine Absicht von ihm und schon gar nicht falsches Versprechen, doch er vergaß einfach, den Vorsatz in die Tat umzusetzen. Sein Alter, eine langsam einsetzende Demenz haben dabei bestimmt eine Rolle gespielt.

Eine ganze Weile später, als eine seiner Töchter ihn drängte, ihr das Haus zu überschreiben, hatte er dieses Thema schon längst für sich selbst als durchgeführt im Kopf. Die Tochter hatte Angst, beim Erben schlecht wegzukommen, sah ihre Schwester bereits gut bedacht, schlug ihm vor, die Bürokratie einer Umschreibung auf sich zu nehmen. Nur seine Unterschrift brauchte sie. Er war ohne Arg, vertraute ihr, machte alles in ihrem Sinn.

Zwar wusste Lilli von diesen Gesprächen, den Veränderungen, die das Haus betreffen würden, doch es lag ihr fern, ihr versprochene Rechte nochmals abzufragen.

Erst einmal aber lebten die beiden noch zusammen in dem kleinen Siedlerhaus, sie trug die Zeitungen aus, half ihm bei seinen Gebrechen und pflegte ihre Freund- und Bekanntschaften.

Freundschaften

Sie schloss Freundschaften mit Menschen.

Da gab es zum Beispiel Tante Else.

Tante Else war ein Unikum.

Ihr längst verstorbener Mann war der Aufseher einer Kiesgrube am Rande des Dorfes gewesen und ihr hatte man erlaubt, die kleine Hütte weiter zu bewohnen, die ihnen schon damals am Rande der Kiesgrube zur Verfügung gestanden hatte. Einen Raum gab es dort. Die Wände hielten notdürftig den Wind ab, der kleine eiserne Ofen gab sich Mühe Wärme zu erzeugen und war doch gänzlich überfordert. Außerdem war der Abzug nicht in Ordnung und sorgte dafür, dass der Geruch von Geräuchertem allem anhaftete, was sich auch nur für Momente dort aufgehalten hatte. Ein Bett, ein Tisch, ein Stuhl. Viel mehr gab es nicht, und viel mehr hätte da auch nicht hinein gepasst.

Lilli hatte wieder jemanden gefunden, der liebenswert war, aber auch der Hilfe bedurfte. Die beiden mochten sich und vertrauten einander.

Eine ganz andere Freundschaft baute sie zu einem Ehepaar aus der Nachbarschaft auf.

Ein Gespräch über den Zaun mag der Anfang gewesen sein.

Lillis Neugier auf jeden und die freundliche Weise, auf die ihr dieses Paar den eigenen Glauben immer wieder zugänglich machte, brachte sie einander näher. Sie waren Zeugen Jehovas und bemüht, möglichst viele Menschen für das Himmelreich zu retten. Lilli gefiel die Freundlichkeit, sie mochte die biblischen Geschichten, mit denen man sie vertraut machte. Der Gedanke, dass sie nach dem Tod all das erwarten würde, was sie sich erwünschte, den Wald, die Natur und dann noch nette Menschen, ließ sie auf verspätete Gerechtigkeit hoffen.

Sie wurde mitgenommen zu Versammlungen, wurde behutsam und liebevoll einfach eingefügt, man gab ihr nicht das Gefühl, fremd zu sein, sondern dass sie willkommen sei.

Dieses hier hatte nichts mit einer vollen Kneipe gemein, in der man ruppig miteinander umging, in Wort und Tat. Auch die Dorffeste mit ihrer lauten Musik, dem Tanzen, der fröhlichen Ausgelassenheit gaben ihr nicht das, was sie hier erlebte. Hier fühlte sie sich einfach dazu gehörig, weil sie dabei war.

Diese Gemeinschaft ließ einen Traum in ihr wachsen.

Die Kinderfamilie

Dann allerdings gab es noch einen weiteren Höhepunkt in ihrem Leben.

Eine Bekannte, wirklich nur eine Bekannte, keine Freundin, traf sie beim Einkaufen. Sie trafen sich nicht oft und darum gab es einiges an Themen auszutauschen.

So erfuhr sie auch, dass die andere demnächst umziehen würde, weit weg und darum ihre Stelle in einem Haushalt aufgeben müsse.

Es ging um eine Familie.

Nicht irgendeine, sondern eine mit einem berufstätigen Vater, einer berufstätigen Mutter und 5 Kindern, weit gestreut vom Eintritt in die Pubertät bis hin zum Windelträger. Außerdem gab es da noch einen Hund. Von etlichen Goldhamstern und einem Wellensittich erfuhr sie erst später.

Kinder, wirklich Kinder, die noch Kinder waren!

Seit ihrer Zeit im Kinderheim - und da war sie selbst noch ein Kind gewesen - war sie nicht mehr von so einer Gruppe von Kindern umgeben.

Ihr Herz brannte vor Sehnsucht.

Da die Mutter nur für wenige Stunden am Tag als Lehrerin beschäftigt war, sah sie das nicht als Hindernis in ihrem damaligen Tagesablauf und bat die Bekannte, sich zu erkundigen, ob sie für die Nachfolge in Frage kommen könnte.

Es kam zu einem Treffen, man war sich sympathisch und beschloss, es·zu versuchen.

Genauso wie bei der Zeitung gab es einen Arbeitsvertrag, in dem auch ein Beitrag für ihre Rente eingebaut war.

Naja, wieder eher wegen des Respekts als als wirkliche Hilfe für die Zeit im Alter.

Sie lernte den Rest der Familie kennen.

Die drei älteren Kinder wähnten sich schon so groß, dass sie nicht mehr auf jemanden angewiesen wären, der die Mutter in ihrer Abwesenheit vertrat, doch die beiden jüngeren brauchten eindeutig noch einen festen Halt in Zeiten, wenn die Lehrerin in der Schule und die beiden Kleinen nicht in Kindergarten oder Grundschule waren. Der Vater spielte in ihrer Anwesenheit eher weniger eine Rolle, war gut im Beruf und sonst im Haus beschäftigt, das erst vor kurzem als Neubau bezogen worden war.

In vielen Kleinigkeiten war es noch nicht fertig und der Vater war ein geschickter Handwerker, der da einiges leistete.

Mit anderen Worten, Lilli tauchte in ein quirliges Miteinander hinein, ein lebendiges Leben, jeden Tag etwas Neues.

Und jedes Mal, wenn die Mutter aus der Schule kam und auf Lilli traf, setzten sich die beiden noch einmal zusammen und tranken eine Tasse Tee. Ein Augenblick des Verschnaufens, ein Augenblick sich immer besser kennen zu lernen, ein Augenblick für die Mutter, immer mehr von Lilli zu erfahren.

Und sie erfuhr viel.

Sie erfuhr viel aus ihrem Leben, sie hörte der rauen Stimme zu, erkannte keine Tränen oder seelische Zusammenbrüche, es war wie ein Bericht über einen anderen Menschen.

Sie war erschüttert über das, was sie hörte, konnte es kaum glauben, wusste aber sofort, dass es stimmte.

Viele Jahre lang blieb Lilli dieser Familie treu. Immer wenn Weihnachten kam, musste sie sich aufteilen.

Sie fühlte sich verantwortlich dafür, dass ihr männlicher Schützling nicht alleine war an so einem wichtigen Tag So sorgte sie für ein gemütliches Drumherum. Ein paar Kerzen, Tannenzweige, ein bisschen Weihnachtsmusik, vielleicht noch ein Film im Fernsehen und natürlich etwas Leckeres zu essen. Er durfte sich etwas wünschen, aber er war nicht anspruchsvoll.

Aber dann, zu einer verabredeten Zeit, schwang sie sich auf ihr Zeitungsausträger-Fahrrad und eilte für einen Moment hinüber zu der Kinderfamilie. Dort war dann Bescherung. Die Kinder warteten schon seit dem Aufstehen darauf, dass der Tag endlich vergehen möge, wurden mit allen möglichen kleinen Aufgaben bei Laune gehalten, erhofften das Eintreten der Dunkelheit und erst recht das Ankommen von Lilli, denn das bedeutete, dass die Bescherung bevor stand. Oben im Wohnzimmer wurde Lilli drapiert, die Eltern zündeten die Kerzen am Baum an und mit den Anfangstönen von „Ihr Kinderlein kommet" wusste die Schar, dass der ersehnte Moment gekommen war. Sie stimmten mit ein in den Gesang, kamen je nach Alter gesittet oder hüpfend die Treppe hinauf, und versuchten in ihrer Ungeduld schon mal zu erfassen, wo wohl ihre Geschenke zu finden sein würden.

Es gab eine Geschichte oder ein weiteres Lied bis endlich, endlich der Höhepunkt herankam. Geschenke durften geöffnet werden, es wurde gejuchzt und verglichen, um Erklärung gebeten oder sofort zusammengebaut, Stimmengewirr, im Hintergrund Weihnachtsmusik und Erwachsene, die sich zurücklehnten und genossen, wenn sie nicht gerade als Unterstützung bei etwas Neuem gebraucht wurden. Und Lilli? Sie saß da und nahm auf. Es war, als fülle sie ihren ganzen Körper, ihr ganzes Ich mit Gerüchen, Tönen, Eindrücken. Und irgendwann wickelte auch sie ihr Geschenk aus, zum Beispiel die selbst gestrickten Handschuhe der Mutter ohne Fingerspitzen, damit sie die Zeitungen austragen konnte, ohne ganz steife, kalte Finger zu bekommen.

Auch bei Familienfesten mit der Verwandtschaft war sie dabei. Sie war als „Oma K." Ersatz für die eigentlichen Großeltern, die wegen weiter Entfernungen nur selten zu Besuch kamen.

Sie hatte einen Schlüssel für das Haus!

Auch der Familienhund war ihr wichtig.

Nachdem „Pummelchen", ihr erster Hund, in einem gesegneten Alter gestorben war und auch „Mausi", als nächste treue Seele – auf die gleiche Art geliebt und gefüttert – das Zeitliche gesegnet hatte, wurde „Hilla", der Familienhund Ersatz. Wieder wurde die Liebe am Essen erkennbar.

Immer, wenn die Familie in den Urlaub fuhr und ihn nicht mitnehmen konnte, zog er für die Zeit zu „Oma K". Danach musste er für einige Tage auf Diät gesetzt werden, damit auch längere Spaziergänge ihn nicht zum Japsen brachten.

Bei einem der vielen Teegespräche erfuhr die Mutter von einem tief drinnen in Lilli wohnenden Traum.

Sie wollte so, so gern einmal in ihrem Leben nach Italien, an den Gardasee.

Von dem hatte sie gehört.

Nur einmal erzählte sie davon, als schäme sie sich, sich so etwas Großes zu wünschen und dann auch noch preis zu geben.

Außerdem, so hatte Lilli sofort gemeint, ginge das gar nicht, denn sie müsse jeden Tag die Zeitung austragen.

Doch die Mutter fand eine Lösung.

Für die Ferien fand sie eine Busreise zum Gardasee, die wurde gebucht und sie und eine der großen Töchter beschlossen, die Zeitungstour für die Tage von Lillis Abwesenheit zu übernehmen.

Sie schafften es nicht in der Zeit, die Hunde auf der Tour friedlich zu stimmen, sie zu akzeptieren wie Lilli eben, aber es gab in der Woche auch nur eine Beschwerde, weil jemand die Zeitung nicht bekommen hatte. Sie wurde nachgeliefert. Lilli konnte es eben besser.

Lilli selbst fuhr zum Gardasee.

Sehr, sehr früh musste sie am Treffpunkt sein.

Während das schon fast ihre normale Zeit des Aufstehens war, taumelten ihre Reisebegleiter noch reichlich schlaftrunken auf ihre Sitze.

Sie hatten sich Kissen mitgebracht, um noch ein bisschen Schlaf zu tanken.

Sie waren einfach erfahrener im Busfahren als Lilli.

Die wiederum konnte sich gar nicht sattsehen am heller Werden des Tages, all dem, was da draußen an ihr vorbeizog. Sie beobachtete das Wechseln der Landschaft, nahm wahr, wie ihre Reisegefährten langsam aufwachten, ein Schnattern, eine fröhliche Vorfreude den Bus erfüllte und irgendwann auch wieder abebbte, weil man sich so lange einfach nicht unentwegt laut freuen kann.

Spät am Abend waren sie am Ziel.

Ihr Hotel war einfach, aber wenn man aus dem Fenster ihres Zimmers sah, konnte man einen Zipfel der Wasserfläche des Sees entdecken.

Sie war in Italien!!

Und es regnete.

Das änderte sich auch in den nächsten Tagen nicht und schränkte die Möglichkeiten der Gruppe sehr ein.

Als Lilli nach einer Woche wieder am Tisch bei der großen Familie saß und berichtete - sie hatte auch noch einen Schnupfen mitgebracht, einen italienischen Schnupfen wie sie kicherte - da klang das so:

Der See war so groß.

Und diese Berge ringsherum, manchmal verschwanden sie in den Wolken

Die Häuser waren so anders, so italienisch.

Und einmal sind wir bei Regen mit dem Schiff auf dem See gefahren.

Es war soo schön!

Abschied von der Kinderfamilie

Aber irgendwann holte die Vergangenheit Lilli ein. Ihr Körper zeigte immer mehr, dass er nicht mehr das leisten konnte, was sie von ihm erwartete. Gelenke mussten operiert werden, das Herz fand nicht mehr den richtigen Takt und auch anderes machte Schwierigkeiten.

Das Rentenalter wurde erreicht und ein bisschen überschritten. Sie fand, sie müsse sich kümmern.

Wenn sie schon nicht selbst weiter die Aufgaben bei der Familie ausführen konnte, fühlte sie sich verantwortlich dafür, dass es dort geordnet weitergehen konnte und sorgte für eine Nachfolgerin.

Die Verbindung zu „Sohn" Pieter und seiner Familie war nie abgebrochen. Lilli war einbezogen worden in Veränderungen dort, hatte mit Rat und Tat weiterhin zur Verfügung gestanden. Sie freute sich, als die Familie wieder in einen Bezirk zog, der mit dem normalen Linienbus erreichbar war, und auch ein Pförtnerposten für Pieter zur Verfügung stand, der bis zur Rente ein zwar bescheidenes aber regelmäßiges Einkommen sicherte. Die Familie hatte dank ihrer Hilfe gelernt, mit ihrem Geld umzugehen. Sie hatte sie auf einen guten Weg gebracht.

Inès wurde inzwischen vormittags bei ihren eigenen Kindern nicht mehr gebraucht, die waren in der Schule und zudem konnte ein zuverdientes Einkommen eventuell ihren riesengroßen Traum erfüllen, irgendwann zusammen mit Pieter ihre Familie in Kolumbien zu besuchen.

Und so übernahm Inès die Aufgaben in der Kinderfamilie, die Lilli bis dahin erledigt hatte, fing Kinder auf, sorgte für saubere Fußböden, war da, wenn die Mutter nicht da war und zur Tasse Tee danach natürlich auch.

Trotzdem bestand der Kontakt zwischen Lilli und der Familie aber weiterhin. Jedes Jahr kurz vor Weihnachten und zu ihrem Geburtstag war Lilli eingeladen zu einem Frühstück. In den ersten Jahren danach wurde sie immer abgeholt, konnte sich an den gedeckten Tisch setzen, der ihr über all die Jahre so vertraut geworden war. Als sie später in einem Zimmer im betreuten Wohnen untergebracht war, ein bisschen weiter weg, wurde das Frühstücken dorthin verlegt. Sie kochte den Kaffee, deckte den Tisch, und für alles andere sorgten die Kindereltern.

Das genoss sie sehr.

Die Zeugen Jehovas

Aber es gab noch mehr Veränderungen.

Ihre Freundschaft mit den Menschen der Glaubensgemeinschaft, die in der Zeit, in der sie bei der Kinderfamilie viel Anschluss hatte, ein wenig heruntergefahren war, intensivierte sich wieder.

Gern war sie bereit, anzunehmen, was der Glaube für das Leben nach dem Tod versprach.

Es hörte sich so gerecht an.

Zudem bekam sie ganz praktische Hilfe, beim Streichen eines Zimmers, beim Ausfüllen ihres Antrags auf Entschädigung wegen ihrer Zeit im KZ, beim Einkaufen und noch vielen Dingen mehr.

Es war gut für sie, dass es diese Verbindung gab.

Sie war ihr so wichtig, dass sie sich im Winter bei Glatteis einmal teilweise auf allen Vieren auf den Weg zu ihren Freunden machte, um mit ihnen zusammen eine Glaubensversammlung besuchen zu können.

Lilli fühlte sich dort aufgehoben und war es auch.

Ihr Partner, der zuletzt immer mehr Unterstützung von ihr gebraucht hatte, starb. Eine Weile lebte sie allein im Haus, doch die Erbin drängte immer mehr auf einen Auszug. Sie fühlte sich nicht an den Wunsch ihres Vaters gebunden, sah Lilli als Hindernis. Das kostenlose Wohnen wollte sie nicht akzeptieren und die Miete, die sie nun forderte, war für Lilli nicht bezahlbar.

Da waren es wieder die Glaubensbrüder und -
schwestern, die es organisierten, dass sie in ein
Heim für betreutes Wohnen umsiedeln konnte, die
sie dort im täglichen Leben unterstützten.

Lilli bekannte sich im hohen Alter auch offiziell
durch eine Taufe zu ihnen.

Die letzten Jahre

Ihr Körper hielt tapfer durch, so könnte man meinen, nach all dem, was ihm im Laufe des Lebens angetan worden war.

Doch auch weiterhin gab es Vorfälle, die diese Jahre nicht unbeschwert sein ließen.

Das Laufen wurde immer mühsamer. Ein Rollstuhl stand für sie bereit, doch es dauerte eine Weile, bis sie ihn sich zugestand und die Mühe mit einem Rollator und damit ein Stück Freiheit gegen eine Situation der Abhängigkeit eintauschte.

Ihre Nieren brauchten mehr als 10 Jahre am Ende ihres Lebens eine Dialyse.

Dreimal in der Woche wurde sie abgeholt, in die Klinik gefahren und kam ganz erschöpft zurück.

Als sie einmal zu dem behandelnden Arzt meinte, man könne das doch einfach einstellen, erklärte er ihr, dass das als Mord angesehen würde und nicht erlaubt sei.

Da nahm sie es tapfer hin, wie sie so vieles ertragen hatte.

Eines Tages dann, es war auf der Rückfahrt aus der Klinik, geschah etwas, was nicht geschehen sollte. Lilli saß ermattet von der Behandlung in dem Spezialfahrzeug, das auf Menschen mit ihren körperlichen Einschränkungen eingerichtet war. Sie saß dort halb wach, halb schlafend, benommen noch von dem Eingriff in ihren alten Körper, der Leben erhalten sollte, ihr Leben.

Der Vorgang kam plötzlich, völlig überraschend für sie. Andere mussten ihr später berichten, was eigentlich passiert war. Sie wurde hin und her geworfen, stieß an Autowände und fühlte sich trotzdem fest gehalten. Der Gurt, mit dem man sie festgezurrt hatte, rettete ihr Leben. Sie fand sich, in dieser Schlinge hängend, mit dem Kopf nach unten wieder.

Das Fahrzeug war in einer Kurve von der Fahrbahn abgekommen. Zum Glück war gerade kein anderes Auto in der Nähe, doch der Wagen nahm den Weg geradewegs über den Bürgersteig, durchbrach eine niedrige Gartenmauer mit einem Eisengeländer, verlor die Balance, drehte sich und krachte mit dem Dach auf den einen Meter tiefer als die Straße liegenden Rasen dahinter.

Stille, Schrecken, Schock, so wie es oft ist in so einem Moment.

Schnell waren Retter zur Stelle.

Sie stellten fest, dass keine massiven Personenschäden entstanden waren.

Der Fahrer kletterte alleine, leichenblass zwar, aber unverletzt aus dem Auto.

Niemand allerdings traute sich zu, Lilli aus ihrer schwierigen Lage zu befreien.

So hing sie da, hing und wartete stumm auf die Helfer, die kompetent waren und das nötige Material hatten, um sie sicher zu bergen.

Das dauerte.

Sie war es gewohnt, sich in missliche Situationen zu fügen.

Meist allerdings verlief ihr Leben in den letzten Jahren ruhig. Besuch bekam sie selten. Die Menschen dachten mehr an sie als Zeit mit ihr zu verbringen.

Wenn die Lehrerin und ihr Mann sie zweimal im Jahr besuchten, sie aus dem Aufenthaltsraum aus der Gruppe der anderen Bewohner herausholten, um Zeit mit ihr in ihrem Zimmer zu verbringen, sagte sie stolz: „Das ist meine ehemalige Chefin!", und ihr Auge - das eine sichtbare - glühte vor Freude.

Nachwort

Lilli K.s Leben ist ein wirklich gelebtes Leben. Sie hat davon erzählt

Einen Teil dieser Zeit habe ich sie begleitet, sie erlebt.

Sie hat mich unterstützt, mir dazu verholfen trotz meiner Kinderschar berufstätig sein zu können

Vieles hat sie mir erzählt.

Vieles hat sie ihren Freunden bei den Zeugen Jehovas berichtet und die wiederum haben mir bereitwillig und großzügig Informationen zur Verfügung gestellt, die sie von ihr erhalten haben, früher oder später. Einige widersprechen sich. Vielleicht gab es verschiedene Versionen, bei jedem etwas anders verankert oder wahrgenommen, aber die wichtigen Erlebnisse stimmen mit ihrem Leben überein.

Erst mit ihrem Tod kam der Gedanke auf, dass eine Geschichte wie ihre nicht einfach so verschwinden sollte, so lautlos und unauffällig wie sie selbst es war,

Wir sollten uns nicht nur an all unsere Helden und Vorbilder erinnern, sondern uns dessen bewusst sein, dass es die anderen Menschen gibt, diese vielen, die einfach irgendwo verschwinden, die es aber wert sind, dass man von ihnen erfährt.

Mein Dank gilt meinen Freunden Gila und Wolfgang, die aufmerksam und gebannt zuhörten, als ich von Lilli erzählte und mich mit ihrem Drängen dazu bewegten, alles niederzuschreiben und die

die Entstehung des Buches intensiv und hilfreich begleitet haben. Auch Inken, die Schwiegertochter war eine der kompetenten Unterstützerinnen.

Helmut bekommt eine besondere Erwähnung, denn er beseitigte alle Hürden, die sich im Kampf gegen den Computer ergaben.

Mein Dank gilt allen aus der Familie und dem Freundeskreis, die die Entwürfe zu diesem Buch gelesen und mich mit Kommentaren bis in das Endstadium begleitet haben. Meinen treuesten und intensivsten Mitdenker, meinen Mann Bernd, möchte ich besonders hervorheben.